KB064229

예전엔 미처 몰랐어요

김소월 등단 100주년 기념 시그림집

예전엔 미처 몰랐어요

김소월 지음 | 홍용희 엮음

교보문고

일러두기

- 이 책의 표기는 김소월이 1925년 중앙서림에서 펴낸 『진달내쏫』 초판본과 1941년 박문서관에서 펴낸 재판본 『소월시초素月詩抄』(김억 편), 『문학사상』 1977년 11월 호(통권 62호)에 수록한 시 원문에 따르는 것을 원칙으로 하였다. 단, 띄어쓰기는 읽기 편하게 현대어 표준맞춤법에 맞추어 고쳤다.

- 작품의 배열은 김소월의 시집 『진달내쏫』, 그가 세상을 떠난 뒤 스승 김억이 엮 은 『소월시초』, 그리고 『개벽』 『배재』 『백치』 『동아일보』 『조선문단』 『문예공론』 『신여성』 등 잡지와 신문에 발표한 후 시집에는 수록되지 않은 작품, 마지막으로 『문학사상』에서 발굴한 미발표 작품(소월 자필 유고) 순으로 하였다.

- 이 책은 김소월의 작품 중 100편을 뽑아 엮은 시선집이다. 작품 선정은 김소월 시의 높은 예술적 성취도를 향유하는 동시에 최대한 다양한 미적 특이성을 접할 수 있도 록 안배하고자 했다.

- 원문의 한자어는 한글을 병기하였다.

- 독자의 작품 이해를 돕기 위해 어렵거나 낯선 어휘에 대한 풀이를 해당 작품 아래 붙 였다.

- 부록으로 김소월의 시세계를 이해할 수 있는 해설을 수록하였다.

- 이 책은 김소월 등단 100주년을 기념하여 대산문화재단과 교보문고가 주최한 문학 그림전의 도록을 겸하고 있으므로 문학그림전에 참여한 화가의 약력을 별도로 수록 하였다.

- 차례 -

박영근, 먼 후일, 캔버스에 유화, 60.6×72.7cm, 2020

먼 後日후일

먼 훗날 당신이 차즈시면
그쌔에 내 말이 『니젓노라』

당신이 속으로 나무리면
『뭇척 그리다가 니젓노라』

그래도 당신이 나무리면
『밋기지 안아서 니젓노라』

오늘도 어제도 안이 닛고
먼 훗날 그쌔에 『니젓노라』

나무리면 나무라면('나무리다'는 '나무라다'의 방언)

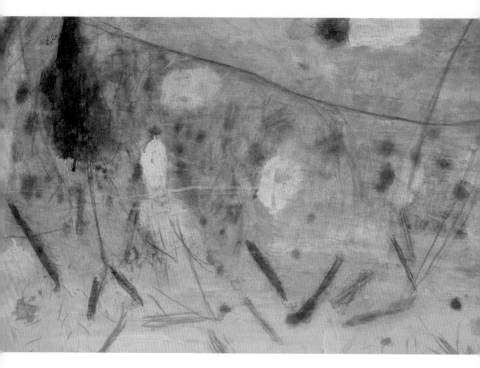

장현주, 풀따기, 장지에 먹, 분채, 94×58cm, 2020

풀짜기

우리 집 뒷山산에는 풀이 푸르고
숲 사이의 시냇물, 모래바닥은
파알한 풀 그림자, 떠서 흘너요.

그립은 우리 님은 어듸 게신고.
날마다 퓌여나는 우리 님 생각.
날마다 뒷山산에 홀로 안자서
날마다 풀을 짜서 물에 던져요.

흘러가는 시내의 물에 흘너서
내여던진 풀닙픈 엿게 써갈 제
물쌀이 해적해적 품을 헤쳐요.

그립은 우리 님은 어듸 게신고.
가엽는 이내 속을 둘 곳 업섯서
날마다 풀을 짜서 물에 던지고
흘너가는 닙피나 맘해 보아요.

엿게 엿게
맘해 마음에 두어

山산 우헤

山산 우헤 올나섯서 바라다보면
가루막킨 바다를 마주 건너서
님 게시는 마을이 내 눈압프로
숨 하눌 하눌가치 쩌오릅니다

흰모래 모래 빗긴 船倉선창짜에는
한가한 배노래가 멀니 자즈며
날 점을고 안개는 깁피 덥퍼서
흐터지는 물꽃짼 안득입니다

이윽고 밤 어둡는 물새가 울면
물썰조차 하나둘 배는 쩌나서
저멀니 한 바다르 아주 바다로
마치 가랑닙가치 쩌나갑니다

나는 혼자 山산에서 밤을 새우고
아츰 해 붉은 볏헤 몸을 씻츠며
귀 기울고 솔곳이 엿듯노라면
님 게신 窓창 아래로 가는 물노래

14

흔들어 깨우치는 물노래에는
내 님이 놀나 니러 차즈신대도
내 몸은 山산 우혜서 그 山산 우혜서
고히 집피 잠드러 다 모릅니다

빗긴 비스듬히 놓인
자즈며 잦으며
날 졈을고 날 저물고
안득입니다 안득이다(어른거리다)
바다르 '바다로'의 오기
솔곳이 솔깃하게('솔곳하다'는 '솔깃하다'의 방언)

정용국, 옛니야기, 한지에 수묵, 68.3×70cm, 2020

옛니야기

고요하고 어둡은 밤이 오면은
어스러한 灯등불에 밤이 오면은
외롭음에 압픔에 다만 혼자서
하염업는 눈물에 저는 웁니다

제 한 몸도 예전엔 눈물 모르고
죠그만한 世上세상을 보냇습니다
그째는 지낸 날의 옛니야기도
아못 서름 모르고 외왓습니다

그런데 우리 님이 가신 뒤에는
아주 저를 바리고 가신 뒤에는
前전날에 제게 잇든 모든 것들이
가지가지 업서지고 마랏습니다

그러나 그 한째에 외와 두엇든
옛니야기쑨만은 남앗습니다
나날이 짓터가는 옛니야기는
부질업시 제 몸을 울녀줍니다
아못 서름 아무 설움

신장식, 님의 노래, 캔버스에 한지 아크릴릭, 45×45cm, 2020

님의 노래

그립은 우리 님의 맑은 노래는
언제나 제 가슴에 저저 잇서요

긴 날을 門문박게서 섯서 드러도
그립은 우리 님의 고흔 노래는
해 지고 저무도록 귀에 들녀요
밤들고 잠드도록 귀에 들녀요

고히도 흔들니는 노래가락에
내 잠은 그만이나 깁피 드러요
孤寂고적한 잠자리에 홀로 누어도
내 잠은 포스근히 깁피 드러요

그러다 자다 깨면 님의 노래는
하나도 남김업시 일허바려요
드르면 듯는 대로 님의 노래는
하나도 남김업시 닛고 마라요

고적한 외롭고 쓸쓸한
포스근히 포근히

님의 말슴

세월이 물과 가치 흐른 두 달은
길어둔 독엣 물도 찌엇지마는
가면서 함께 가쟈 하든 말슴은
살아서 살을 맞는 표적이외다

봄풀은 봄이 되면 도다나지만
나무는 밋그루를 썩근 셈이요
새라면 두 죽지가 傷상한 셈이라
내 몸에 쏫필 날은 다시업구나

밤마다 닭소래라 날이 첫 時시면
당신의 넉마지로 나가볼 째요
그믐에 지는 달이 山산에 걸니면
당신의 길신가리 차릴 째외다

세월은 물과 가치 흘너가지만
가면서 함께 가쟈 하든 말슴은
당신을 아주 닛든 말슴이지만
죽기 前전 쏘 못 니즐 말슴이외다

씨엇지마는 찌었지만(찌다, 고인 물이 없어지거나 줄어들다)
살을 맛는 '살을 맞다'는 관용구로, '귀신에게서 해를 입다'라는 뜻
도다나지만 돋아나지만
죽지 날갯죽지
첫 시 자정이 지난 첫 시로 새벽 1시에서 3시 사이인 축시丑時를 뜻함
넉마지 넋맞이(죽은 이의 넋을 맞아들이는 일)
길신가리 죽은 이에게 저승길을 인도하는 평안도의 풍습

배달래, 님에게_ 잊어버린 설움, 캔버스에 유화, 80.3×116.8cm, 2020

님에게

한새는 만흔 날을 당신 생각에
밤까지 새운 일도 업지 안치만
아직도 새마다는 당신 생각에
축업은 벼개까의 쑴은 잇지만

낫모를 싼 세상의 네 길써리에
애달피 날 져무는 갓 스물이요
캄캄한 어둡은 밤 들에 헤메도
당신은 니저바린 서름이외다

당신을 생각하면 지금이라도
비오는 모래밧테 오는 눈물의
축업은 벼개까의 쑴은 잇지만
당신은 니저바린 서름이외다

축업은 축축한
낫모를 낯모를

정용국, 봄밤, 한지에 수묵, 97×126cm, 2020

봄밤

실버드나무의 검으스렷한 머리결인 낡은 가지에
제비의 넓은 깃 나래의 紺色감색 치마에
술집의 窓창 녑페, 보아라, 봄이 안잣지 안는가.

소리도 업시 바람은 불며, 울며, 한숨지워라
아무런 줄도 업시 설고 그립은 색캄한 봄밤
보드랍은 濕氣습기는 써돌며 쌍을 덥퍼라.

깃 나래 깃 날개
녑페 옆에
아무런 줄도 업시 아무 이유도 없이

밤

홀로 잠들기가 참말 외롭아요
맘에는 사뭇차도록 그립어와요
이리도 무던이
아주 얼골조차 니칠 듯해요.

발서 해가 지고 어둡는대요,
이곳은 仁川인천에 濟物浦제물포, 이름난 곳,
부슬부슬 오는 비에 밤이 더듸고
바닷바람이 칩기만 합니다.

다만 고요히 누어 드르면
다만 고요히 누어 드르면
하이얏케 밀어드는 봄 밀물이
눈압플 가루막고 흘늑길 쑨이야요.

무던이 무던히
니칠 잊힐
발서 벌써
칩기만 춥기만('칩다'는 '춥다'의 방언)

배달래, 꿈꾼 그 옛날_멍든 가슴에 비친 별, 캔버스에 유화, 80.3×116.8cm, 2020

쉼쉰 그 옛날

박게는 눈, 눈이 와라,
고요히 窓창 아래로는 달빗치 드러라.
어스름 타고서 오신 그 女子여자는
내 쉼의 품속으로 드러와 안겨라.

나의 벼개는 눈물로 함쌕히 저젓서라.
그만 그 女子여자는 가고 마랏느냐.
다만 고요한 새벽, 별 그림자 하나가
窓창틈을 엿보아라.

어스름 조금 어둑한 상태

꿈으로 오는 한 사람

나히 차라지면서 가지게 되엿노라
숨어 잇든 한 사람이, 언제나 나의,
다시 깁픈 잠 속의 꿈으로 와라
붉으렷한 얼골에 가늣한 손가락의,
모르는 듯한 擧動거동도 前전날의 모양대로
그는 야저시 나의 팔 우헤 누어라
그러나, 그래도 그러나!
말할 아무것이 다시업는가!
그냥 먹먹할 쑨, 그대로
그는 니러라. 닭의 홰치는 소래.
쌔여서도 늘, 길쎠리엣 사람을
밝은 대낫에 빗보고는 하노라

차라지면서 (나이가) 차게 되면서

야저시 '의젓이'의 작은 말(말이나 행동이 점잖고 무게 있다)

니러라 '일어나다'의 옛말

빗보고는 빗보다(똑바로 보지 못하고 비스듬히 보다)

박영근, 눈 오는 저녁, 캔버스에 유화, 53×45.5cm, 2020

눈 오는 저녁

바람 자는 이 저녁
흰 눈은 퍼붓는데
무엇하고 게시노
가튼 저녁 今年금년은……

숨이라도 쉬면은!
잠들면 맛날넌가.
니젓든 그 사람은
흰 눈 타고 오시네.

져녁째. 흰 눈은 퍼부어라.

김선두, 못 잊어, 장지에 먹, 분채, 65×93cm, 2020

못 니저

못 니저 생각이 나겟지요,
그런대로 한세상 지내시구려,
사노라면 니칠 날 잇스리다.

못 니저 생각이 나겟지요,
그런대로 세월만 가라시구려,
못 니저도 더러는 니치오리다.

그러나 쏘 한긋 이럿치요,
「그립어 살틀히 못 닛는데,
쎄어면 생각이 쎠지나요?」

니칠 잊힐

박영근, 예전엔 밋처 몰낫서요, 캔버스에 유화, 25×80cm, 2020

예전엔 밋처 몰낫서요

봄가을 업시 밤마다 돗는 달도
　　「예젼엔 밋처 몰낫서요.」

이럿케 사뭇차게 그려울 줄도
　　「예젼엔 밋처 몰낫서요.」

달이 암만 밝아도 쳐다볼 줄을
　　「예젼엔 밋처 몰낫서요.」

이제금 져 달이 서름인 줄은
　　「예젼엔 밋처 몰낫서요.」

자나 깨나 안즈나 서나

자나 깨나 안즈나 서나
그림자 갓튼 벗 하나이 내게 잇섯습니다.

그러나, 우리는 얼마나 만흔 세월을
쓸데업는 괴롭음으로만 보내엿겟습니까!

오늘은 쪼다시, 당신의 가슴속, 속 모를 곳을
울면서 나는 휘저어 바리고 써납니다그려.

허수한 맘, 둘 곳 업는 心事심사에 쓰라린 가슴은
그것이 사랑, 사랑이든 줄이 아니도 닛칩니다.

허수한 허전하고 서운한

해가 山산마루에 저므러도

해가 山산마루에 저므러도
내게 두고는 당신 째문에 저믑니다.

해가 山산마루에 올나와도
내게 두고는 당신 째문에 밝은 아츰이라고 할 것입니다.

짱이 써저도 하눌이 문허저도
내게 두고는 긋싸지 모두 다 당신 째문에 잇습니다.

다시는, 나의 이러한 맘쭌은, 째가 되면,
그림자갓치 당신한테로 가우리다.

오오, 나의 愛人애인이엇든 당신이어.

내게 두고는 나에게 있어서는

개아미

진달내솟치 퓌고
바람은 버들가지에서 울 째,
개아미는
허리 가늣한 개아미는
봄날의 한나절, 오늘 하루도
고달피 부주런히 집을 지어라.

개아미 개미

김선두, 만리성, 장지에 먹, 분채, 76×48cm, 2020

萬里城만리성

밤마다 밤마다
온 하로밤!
싸핫다 허럿다
긴 萬里城만리성!

父母 부모

落葉낙엽이 우수수 써러질 때,
겨울의 기나긴 밤,
어머님하고 둘이 안자
옛니야기 드러라.

나는 어쩨면 생겨나와
이 니야기 듯는가?
뭇지도 마라라, 來日내일 날에
내가 父母부모 되여서 알아보랴?

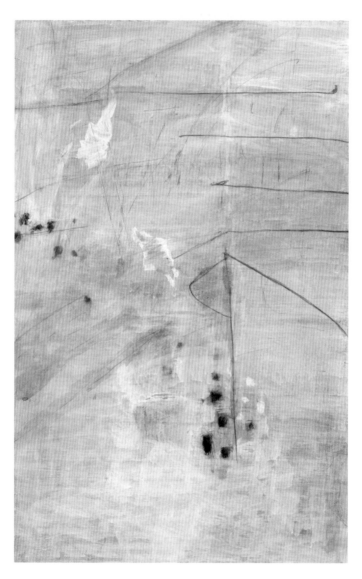

장현주, 잊었던 맘, 장지에 먹, 목탄, 분채, 61×94.5cm, 2017

니젓든 맘

집을 써나 먼 저곳에
외로히도 단니든 내 心事심사를!
바람부러 봄숫치 필 째에는,
어쩨타 그대는 쏘 왓는가,
저도 닛고 나니 저 모르든 그대
어찌하야 옛날의 꿈조차 함께 오는가.
쓸데도 업시 서럽게만 오고 가는 맘.

어쩨타   어찌하다

신장식, 봄비, 캔버스에 아크릴릭, 130×50cm, 2018

봄비

어룰 업시 지는 쏫츤 가는 봄인데
어룰 업시 오는 비에 봄은 우러라.
서럽다, 이 나의 가슴속에는!
보라, 놉픈 구름 나무의 푸릇한 가지.
그러나 해 느즈니 어스름인가.
애달피 고흔 비는 그어 오지만
내 몸은 쏫자리에 주저안자 우노라.

어룰 '얼굴'의 방언
해 느즈니 해 늦으니(해가 기우는 때에 이르니)
그어 오지만 빗금을 긋는 듯 내려오지만

記憶기억

달 아래 식멋 업시 섯든 그 女子여자,
서 잇든 그 女子여자의 햇슥한 얼골,
햇슥한 그 얼골 적이 파릇함.
다시금 실 벗듯한 가지 아래서
식컴은 머리낄은 번썩어리며.
다시금 하로밤의 식는 江강물을
平壤평양의 긴 단쟝은 숫고 가든 째.
오오 그 식멋 업시 섯든 女子여자여!

그립다 그 한밤을 내게 갓갑든
그대여 쑴이 깁든 그 한동안을
슬픔에 구엽음에 다시 사랑의
눈물에 우리 몸이 맛기웟든 째.
다시금 고지낙한 城성 박 골목의
四月사월의 느저 가는 쓴눈의 밤을
한두 個개 灯등불빗츤 우러 새든 째.
오오 그 식멋 업시 섯든 女子여자여!

쇡멋 업시 생각 없이
적이 적잖이
실 벗듯한 실이 벋은 듯한
머리씰 머리카락
단쟝 나지막한 담
슷고 스치고
갓갑든 가깝던
깁든 깊던
구엽음 귀여움
맛기웠든 맡기었던

愛慕애모

왜 안이 오시나요.
映窓영창에는 달빗, 梅花매화 곳치
그림자는 散亂산란히 휘젓는데.
아이. 눈 싹 감고 요대로 잠을 들쟈.

저 멀니 들니는 것!
봄철의 밀물 소래
물나라의 玲瓏영롱한 九重宮闕구중궁궐, 宮闕궁궐의 오요한 곳,
잠 못 드는 龍女용녀의 춤과 노래, 봄철의 밀물 소래.

어둡은 가슴속의 구석구석……
환연한 거울 속에, 봄 구름 잠긴 곳에,
소솔비 나리며, 달무리 둘녀라.
이대도록 왜 안이 오시나요. 왜 안이 오시나요.

소솔비 소슬비(으스스하고 쓸쓸하게 오는 비)
이대도록 이다지

장현주, 여자의 냄새, 장지에 먹, 분채, 75×105cm, 2020

女子여자의 냄새

푸른 구름의 옷 닙은 달의 냄새.
붉은 구름의 옷 닙은 해의 냄새.
안이, 쌈 냄새, 째 무든 냄새,
비에 마자 축업은 살과 옷 냄새.

푸른 바다…… 어즈리는 배……
보드랍은 그립은 엇든 목슴의
조고마한 푸릇한 그무러진 靈영
어우러져 빗기는 살의 아우성……

다시는 葬死장사 지나간 숨속엣 냄새.
幽靈유령 실은 널쒸는 배싼엣 냄새.
생고기의 바다의 냄새.
느즌 봄의 하늘을 쎠도는 냄새.

모래 두던 바람은 그물 안개를 불고
먼 거리의 불빗츤 달 저녁을 우러라.
냄새 만흔 그 몸이 좃습니다.
냄새 만흔 그 몸이 좃습니다.

장사 죽은 사람을 묻거나 화장하는 일
두던 '언덕'의 방언

안해 몸

들고나는 밀물에
배 써나간 자리야 잇스랴.
어질은 안해인 남의 몸인 그대요
『아주, 엄마 엄마라고 불니우기 前전에.』

굴쑥이기에 烟氣연기가 나고
돌 바우 안이기에 좀이 드러라.
젊으나 젊으신 청하눌인 그대요,
『착한 일 하신 분네는 天堂천당 가옵시리라.』

가을 아츰에

엇득한 퍼스렷한 하늘 아래서
灰色회색의 집웅들은 번쩍어리며,
성긧한 섭나무의 드믄 수풀을
바람은 오다가다 울며 맛날 째,
보일낙 말낙 하는 멧골에서는
안개가 어스러히 흘너 싸혀라.

아아 이는 찬비 온 새벽이러라.
냇물도 닙새 아래 어러붓누나.
눈물에 쎄여 오는 모든 記憶기억은
피 흘닌 傷處상처조차 아직 새롭은
가주난아기갓치 울며 서두는
내 靈영을 에워싸고 속살거려라.

『그대의 가슴속이 가뷔엽든 날
그립은 그 한쌔는 언제여섯노!』
아아 어루만지는 고흔 그 소래
쏠아린 가슴에서 속살거리는,
밉음도 부꾸럼도 니즌 소래에,
싯업시 하염없시 나는 우러라.

58

쌔여 싸여
가주난아기 갓난아기
믿음 미움

가을 저녁에

물은 희고 길구나, 하눌보다도.
구름은 붉구나, 해보다도.
서럽다, 놉파 가는 긴 들 꿋테
나는 써돌며 울며 생각한다, 그대를.

그늘 깁퍼 오르는 발 압프로
꿋업시 나아가는 길은 압프로.
키 놉픈 나무 아래로, 물마을은
성긧한 가지가지 새로 써올은다.

그 누가 온다고 한 言約_{언약}도 업것마는!
기다려 볼 사람도 업것마는!
나는 오히려 못물ㅅ가을 싸고 써돈다.
그 못물로는 놀이 자즐 새.

물마을 황해북도 은파천 기슭의 골짜기에 있는 마을

半^반달

희멀씀하여 써돈다, 하늘 우혜,
빗죽은 半^반달이 언제 올낫나!
바람은 나온다, 저녁은 칩구나,
흰 물ㅅ가엔 쑤렷이 해가 드누나.

어둑컴컴한 풀 업는 들은
찬 안개 우흐로 써 흐른다.
아, 겨울은 깁펏다, 내 몸에는,
가슴이 문허저 나려안는 이 서름아!

가는 님은 가슴엣 사랑ㅅ가지 업세고 가고
젊음은 늙음으로 밧구여든다.
들가시나무의 밤드는 검은 가지
닙새들만 저녁 빗헤 희그무려히 꼿 지듯 한다.

빗죽은 삐죽한
우흐로 위로

꿈

꿈? 靈영의 해적임. 서름의 故鄉고향.
울쟈, 내 사랑, 숏지고 저므는 봄.

오시는 눈

쌍 우혜 쌔하얏케 오시는 눈.
기다리는 날에는 오시는 눈.
오늘도 저 안 온 날 오시는 눈.
저녁불 켤 때마다 오시는 눈.

樂天낙천

살기에 이러한 세상이라고
맘을 그렁케나 먹어야지,
살기에 이러한 세상이라고,
곳 지고 닙 진 가지에 바람이 운다.

낙천 세상과 인생을 즐겁고 좋은 것으로 여김

눈

새하얀 흰 눈, 가븨얍게 밟을 눈,
재 갓타서 날닐 듯 써질 듯한 눈,
바람엔 훗터저도 불씰에야 녹을 눈.
게집의 마음. 님의 마음.

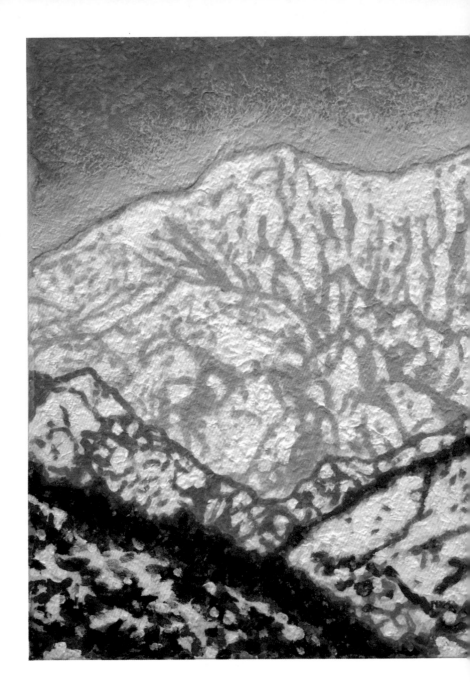

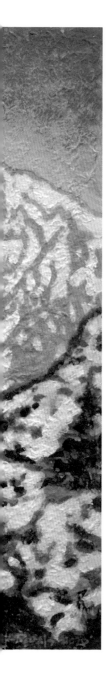

신장식, 눈, 캔버스에 한지 아크릴릭, 45×45cm, 2020

깁고 깁픈 언약

몹쑵은 숨을 쌔여 도라눕을 쌔,
봄이 와서 멧나물 도다나올 쌔,
아름답은 젊은이 압플 지날 쌔,
니저바럿던 드시 저도 모르게,
얼결에 생각나는 「깁고 깁픈 언약」

몹쑵은 몹쏠
멧나물 산나물

68

千里萬里천리만리

말니지 못할 만치 몸부림하며
마치 千里萬里천리만리나 가고도 십픈
맘이라고나 하여볼싸.
한 줄기 쏜살갓치 버든 이 길로
줄곳 치다라 올나가면
불붓는 山산의, 불붓는 山산의
煙氣연기는 한두 줄기 피여올나라.

生생과 死사

사랏대나 죽엇대나 갓튼 말을 가지고
사람은 사라서 늙어서야 죽나니,
그러하면 그 亦是역시 그럴 듯도 한 일을,
何必하필코 내 몸이라 그 무엇이 어째서
오늘도 山산마루에 올나서서 우느냐.

어인漁人

헛된 줄 모르고나 살면 죠와도!
오늘도 저 넘에 便편 마을에서는
고기잡이 배 한 隻척 길 써낫다고.
昨年작년에도 바닷 놀이 무섭엇건만.

어인 어부
죠와도 좋아도
놀 너울(크고 사나운 물결)

바다가 變변하야 쏭나무밧 된다고

것잡지 못할 만한 나의 이 설음,
져므는 봄 저녁에 져가는 쏫닙,
져가는 쏫닙들은 나붓기어라.
예로부터 닐너오며 하는 말에도
바다가 變변하야 쏭나무밧 된다고.
그러하다, 아름답온 靑春청춘의 째의
잇다든 온갓 것은 눈에 설고
다시금 낫모르게 되나니,
보아라, 그대여, 서럽지 안은가,
봄에도 三月삼월의 져가는 날에
붉은 피갓치도 쏘다저 나리는
저긔 저 쏫닙들을, 저긔 저 쏫닙들을.

夫婦 부부

오오 안해여, 나의 사랑!
하눌이 무어준 싹이라고
밋고 사름이 맛당치 안이한가.
아직 다시 그러랴, 안 그러랴?
이상하고 별납은 사람의 맘,
저 몰나라, 참인지, 거즛인지?
情分정분으로 얼근 싼 두 몸이라면.
서로 어그점인들 또 잇스랴.
限平生한평생이라도 半百반백 年년
못 사는 이 人生인생에!
緣分연분의 긴 실이 그 무엇이랴?
나는 말하려노라, 아무러나,
죽어서도 한곳에 무치더라.

안해 아내
무어준 맺어준
별납은 별난
어그점 어긋난 점

나의 집

들짜에 써러저 나가 안즌 메씨슭의
넓은 바다의 물짜 뒤에,
나는 지으리, 나의 집을,
다시금 큰길을 압페다 두고.
길로 지나가는 그 사람들은
제각금 써러저서 혼자 가는 길.
하이한 여울턱에 날은 점을 째.
나는 門문짠에 섯서 기다리리
새벽 새가 울며 지새는 그늘로
세상은 희게, 쏘는 고요하게,
번썩이며 오는 아츰부터,
지나가는 길손을 눈녁여보며,
그대인가고, 그대인가고.

제각금 제가끔(저마다 따로따로)
하이한 하이얀
여울턱 바닥이 얕거나 폭이 좁아 물살이 세게 흐르는 여울에 턱이 진 곳
길손 먼 길을 가는 나그네
그대인가고 그대인가 하고

구름

저기 저 구름을 잡아타면
붉게도 피로 물든 저 구름을,
밤이면 색캄한 저 구름을.
잡아타고 내 몸은 저 멀니로
九萬里구만리 긴 하눌을 날나 건너
그대 잠든 품속에 안기렷더니,
애스러라, 그리는 못한대서,
그대여, 드르라 비가 되여
저 구름이 그대한테로 나리거든,
생각하라, 밤저녁, 내 눈물을.

애스러라 가엽고 애처롭다
드르라 들어라

75

오는 봄

봄날이 오리라고 생각하면서
쓸쓸한 긴 겨울을 지나 보내라.
오늘 보니 白楊백양의 버든 가지에
前전에 업시 흰 새가 안자 우러라.

그러나 눈이 쌀닌 두던 밋테는
그늘이냐 안개냐 아즈랑이냐.
마을들은 곳곳이 움직임 업시
저便편 하눌 아래서 平和평화롭건만.

새들게 짓거리는 까치의 무리.
바다을 바라보며 우는 가마귀.
어듸로서 오는지 종경 소래는
젊은 아기 나가는 吊曲조곡일너라.

보라 째에 길손도 머믓거리며
지향 업시 갈 발이 곳을 몰나라.
사뭇치는 눈물을 꼿티 업서도
하눌을 쳐다보는 살음의 깁븜.

저마다 외롭음의 깊픈 근심이
오도 가도 못하는 망상거림에
오늘은 사람마다 님을 어이고
곳을 잡지 못하는 서름일너라.

오기를 기다리는 봄의 소래는
째로 여윈 손씃틀 울닐지라도
수풀 밋테 서리운 머리씰들은
거름거름 괴로히 발에 감겨라.

백양 황철나무
버든 벋은
두던 둔덕
새들게 새들다(목소리가 안으로 기어들어가다)
쥿경 종경鐘磬(종과 아악을 연주하는 악기 중 하나인 경)
살음의 삶의
어이고 '여의고'의 오식

물마름

주으린 새무리는 마론 나무의
해 지는 가지에서 재갈이든 새.
온종일 흐르든 물 그도 困곤하여
놀 지는 골짝이에 목이 메든 새.

그 누가 아랏스랴 한쪽 구름도
걸녀서 흐득이는 외롭은 嶺영을
숨차게 올나서는 여윈 길손이
달고 쓴 맛이라면 다 겪근 줄을.

그곳이 어듸드냐 南怡將軍남이장군이
말 멕여 물 씨엇든 푸른 江강물이
지금에 다시 흘너 쑥을 넘치는
千百천백 里리 豆滿江두만강이 예서 百十백십 里리.

물마름 물 위에 뜬 마름과의 풀
주으린 주린(주리다, 제대로 먹지 못해 배가 고프다)
마론 '마른'의 오기
곤하여 기운 없이 나른하다
물 씨엇든 물 줄었던

茂山무산의 큰 고개가 예가 아니냐
누구나 녜로부터 義의를 위하야
싸호다 못 이기면 몸을 숨겨서
한째의 못난이가 되는 법이라.
그 누가 생각하랴 三百삼백 年來연래에
참아 밧지 다 못할 恨한과 侮辱모욕을
못 니겨 칼을 잡고 니러섯다가
人力인력의 다함에서 스러진 줄을.

부러진 대쪽으로 활을 메우고
녹쓸은 호미쇠로 칼을 별너서
茶毒도독된 三千里삼천리에 북을 울니며
正義정의의 旗기를 들든 그 사람이어.

그 누가 記憶기억하랴 茶北洞다북동에서
피 물든 옷을 닙고 웨치든 일을
定州城정주성 하로밤의 지는 달빗헤
애쓴친 그 가슴이 숫기 된 줄을.

물 우의 쓴 마름에 아츰 이슬을
불붓는 山산마루에 피엿든 쏫츨
지금에 우러르며 나는 우노라
일우며 못 일움에 薄부한 이름을.

싸호다 싸우다
삼백 연래에 300년 전부터
밧지 다 못할 다 받지 못할
별너서 벼려서(벼리다, 무딘 연장의 날을 불에 달궈 두드려서 날카롭게 만들다)
도독 '도독茶毒'의 오식으로 해로움과 독이 심하게 퍼져 있다는 의미
애씐친 애끊친(애끊다, 몹시 슬퍼서 창자가 끊어질 듯하다)
숫기 '숯'의 방언

우리 집

이바루
외싸로 와 지나는 사람 업스니
『밤 자고 가쟈』 하며 나는 안저라.

저 멀니, 하느 便편에
배는 써나 나가는
노래 들니며

눈물은
흘너 나려라
스르르 나려 감는 눈에.

쑴에도 생시에도 눈에 션한 우리 집
쏘 저 山산 넘어 넘어
구름은 가라.

이바루 이쪽 방향으로
하느 편 하늬 편(서쪽)

바리운 몸

쉽에 울고 니러나
들에
나와라.

들에는 소슬비
머구리는 우러라.
풀 그늘 어둡은데

뒤짐 지고 쌍 보며 머뭇거릴 쌔.

누가 반듸불 쐬여드는 수풀 속에서
『간다 잘 살어라』 하며, 노래 불너라.

바리운 버림받은
머구리 '개구리'의 방언

바라건대는 우리에게 우리의 보섭 대일 쌍이 잇섯더면

나는 움 꾸엇노라, 동무들과 내가 가즈란히
벌싸의 하로 일을 다 맛추고
夕陽석양에 마을로 도라오는 움을,
즐거히, 움 가운데.

그러나 집 일흔 내 몸이어,
바라건대는 우리에게 우리의 보섭 대일 쌍이 잇섯드면!
이처럼 써도르랴, 아츰에 점을손에
새라새롭은 歎息탄식을 어드면서.

東동이랴, 南北남북이랴,
내 몸은 써가나니, 볼지어다,
希望희망의 반짝임은, 별빗치 아득임은.
물결쑨 써올나라, 가슴에 팔다리에.

그러나 엇지면 황송한 이 心情심정을! 날로 나날이 내 압페는
자츳 가느른 길이 니어가라. 나는 나아가리라
한 거름, 쏘 한 거름. 보이는 山산비탈엔
온 새벽 동무들 저 저 혼자…… 山耕산경을 김매이는.

가즈란히 가지런히
일흔 잃은
보섭 보습(농기구의 술바닥에 끼우는, 넓적한 삽 모양의 쇳조각)
점을손에 저물녘에
새라새롭은 새롭고 새로운

밧고랑 우헤서

우리 두 사람은
키 놉피 가득 자란 보리밧, 밧고랑 우헤 안자서라.
일을 畢필하고 쉬이는 동안의 깃븜이어.
지금 두 사람의 니야기에는 꼿치 필 째.

오오 빗나는 太陽태양은 나려쏘이며
새 무리들도 즐겁은 노래, 노래 불너라.
오오 恩惠은혜여, 사라 잇는 몸에는 넘치는 恩惠은혜여,
모든 은근스럽음이 우리의 맘속을 차지하여라.

世界의 끗튼 어듸? 慈愛자애의 하눌은 넓게도 덥혓는데,
우리 두 사람은 일하며, 사라 잇섯서,
하눌과 太陽태양을 바라보아라, 날마다 날마다도,
새라새롭은 歡喜환희를 지어내며, 늘 갓튼 쌍 우헤서.

다시 한 番번 活氣활기 잇게 웃고 나서, 우리 두 사람은
바람에 일니우는 보리밧 속으로
호믜 들고 드러갓서라, 가즈란히 가즈란히,
거러 나아가는 깃븜이어, 오오 生命생명의 向上향상이어.

필하고 마치고

저녁 때

마소의 무리와 사람들은 도라들고, 寂寂^{적적}히 뷘 들에,
엉머구리 소래 욱어저라.
푸른 하늘은 더욱 낫추, 먼 山^산 비탈길 어둔데
웃둑웃둑한 드높픈 나무, 잘새도 깃드러라.

볼사록 넓은 벌의
물빗츨 물쓰럼히 드려다보며
고개 숙우리고 박은 드시 홀로 섯서
긴 한숨을 짓느냐. 왜 이다지!

온 것을 아주 니젓서라, 깁흔 밤 에서 함께
몸이 생각에 가뷔엽고, 맘이 더 놉피 쩌오를 쌔.
문득, 멀지 안은 갈숩 새로
별빗치 솟구어라.

엉머구리 악머구리(잘 우는 개구리라는 뜻으로, '참개구리'를 말함)
잘새 밤이 되어 자려고 둥우리를 찾아드는 새
온 것 모든 것
갈숩 갈대숲

合掌합장

들이라. 단 두 몸이라. 밤빗츤 배여 와라.
아, 이거 봐, 우거진 나무 아래로 달 드러라.
우리는 말하며 거럿서라, 바람은 부는 대로.

燈등불 빗헤 거리는 해적여라, 稀微희미한 하느 便편에
고히 밝은 그림자 아득이고
퍽도 갓가힌, 플밧테서 이슬이 번쩍여라.

밤은 막 깁퍼, 四方사방은 고요한데,
이마즉, 말도 안 하고, 더 안 가고,
길ㅅ가에 우둑허니. 눈감고 마주 섯서.
먼 먼 山산. 山산 뎔의 뎔 鐘종소래. 달빗츤 지새여라.

들이라 둘이라
하느 편 하늬 편(서쪽)
갓가힌 가까운, 가까이 있는
이마즉 '이마적'의 방언(이마적, 지나간 얼마 동안의 가까운 때)
뎔 절

默念묵념

이슥한 밤, 밤긔운 서늘할 제
홀로 窓창턱에 거러안자, 두 다리 느리우고,
첫 머구리 소래를 드러라.
애처롭게도, 그대는 먼첨 혼자서 잠드누나.

내 몸은 생각에 잠잠할 쌔. 희미한 수풀로서
村家촌가의 厄액맥이 祭제 지나는 불빗츤 새여오며,
이윽고, 비난수도 머구 소리와 함께 자자저라.
가득키 차오는 내 心靈심령은…… 하늘과 쌍 사이에.

나는 무심히 니러 거러 그대의 잠든 몸 우헤 기대여라
움직임 다시업시, 萬籟만뢰는 俱寂구적한데,
熙耀희요히 나려빗추는 별빗들이
내 몸을 잇그러라, 無限무한히 더 갓갑게.

거러안자 걸터앉아
액맥이 제 액막이 제(그해에 닥처올 액운을 막기 위해 하는 제사)
비난수 귀신에게 비는 소리
니러 거러 일어나서 걸어
만뢰는 구적한데 만뢰구적한데(만뢰구적, 밤이 깊어 아무 소리 없이 아주 고요해짐)
희요히 빛나고 빛나는

悅樂 열락

어둡게 깁게 목메인 하눌.
꿈의 품속으로서 구러 나오는
애달피 잠 안 오는 幽靈유령의 눈결.
그림자 검은 개버드나무에
쏘다쳐 나리는 비의 줄기는
흘늦겨 빗기는 呪文주문의 소리.

식컴은 머리채 푸러헷치고
아우성하면서 가시는 짜님.
헐버슨 버레들은 꿈트릴 째,
黑血흑혈의 바다. 枯木洞屈고목동굴.
啄木鳥탁목조의
쏘아리는 소리, 쏘아리는 소리.

구러 나오는 굴러 나오는
그림자 그림자
푸러헷치고 풀어헤치고
버레 벌레
탁목조 딱따구리
쏘아리는 쪼아대는

정용국, 무덤, 한지에 수묵, 68.3×70cm, 2020

무덤

그 누가 나를 헤내는 부르는 소리
붉으스럼한 언덕, 여긔저긔
돌무덕이도 음즉이며, 달빗헤,
소리만 남은 노래 서리워 엉거라,
옛 祖上조상들의 記錄기록을 무더둔 그곳!
나는 두루 찻노라, 그곳에서,
형젹 업는 노래 흘너 퍼져,
그림자 가득한 언덕으로 여긔저긔,
그 누구가 나를 헤내는 부르는 소리
부르는 소리, 부르는 소리,
내 넉슬 잡아끄러 헤내는 부르는 소리.

헤내는 헤어내는(벗어나게 하는)
서러워 엉거라 서리어 엉겨라(얼기설기 뒤섞이다)
형적 형적(모습과 흔적)

비난수하는 맘

함께하려노라, 비난수하는 나의 맘,
모든 것을 한 짐에 묵거 가지고 가기까지,
아츰이면 이슬 마즌 바위의 붉은 줄로,
긔여오르는 해를 바라다보며, 입을 버리고.

써도러라, 비난수하는 맘이어, 갈메기가치,
다만 무덤쑨이 그늘을 얼는이는 하눌 우흘,
바다까의. 일허바린 세상의 잇다든 모든 것들은
차라리 내 몸이 죽어가서 업서진 것만도 못하건만.

쏘는 비난수하는 나의 맘. 헐버슨 山산 우헤서,
써러진 닙 타서 오르는, 낸내의 한 줄기로,
바람에 나붓기라 저녁은, 흐터진 거믜줄의
밤에 매든든 이슬은 곳 다시 써러진다고 할지라도.

함께하려 하노라, 오오 비난수하는 나의 맘이어,
잇다가 업서지는 세상에는
오직 날과 날이 닭소래와 함께 다라나 바리며,
갓가웁는, 오오 갓가웁는 그대쑨이 내게 잇거라!

비난수하는 귀신에게 소리 내어 비는
긔여오르는 기어오르는
버리고 벌리고
얼는이는 얼른이는(얼른거리다, 물이나 거울 따위에 비친 그림자가 자꾸 흔들리다)
낸내 냇내('연기'의 방언)
매튼든 맺었던('맺었든'의 오식)
갓가웁는 가까운

찬 저녁

퍼르스럿한 달은, 성황당의
데군데군 허러진 담 모도리에
우둑키 걸니웟고, 바위 우의
가마귀 한 쌍, 바람에 나래를 펴라.

엉긔한 무덤들은 들먹거리며,
눈 녹아 黃土_{황토} 드러난 멧기슭의,
여긔라, 거릿 불빗도 쩌러저 나와,
집 짓고 드럿노라, 오오 가슴이어

세상은 무덤보다도 다시 멀고
눈물은 물보다 더덥음이 업서라.
오오 가슴이어, 모닥불 피여오르는
내 한세상, 마당싸의 가을도 갓서라.

그러나 나는, 오히려 나는
소래를 드러라, 눈석이물이 씩어리는,
쌍 우헤 누엇서, 밤마다 누어,
담 모도리에 걸닌 달을 내가 쏘 봄으로.

데군데군 군데군데
모도리 '모서리'의 방언
엉긔한 엉기성기한
거릿 거리
더덥음 덧없음
눈석이물 '눈석임물'의 방언(쌓인 눈이 속으로 녹아서 흐르는 물)

신장식, 초혼, 캔버스에 한지 아크릴릭, 91×35cm, 2020

招魂 초혼

산산히 부서진 이름이어!
虛空허공 中중에 헤여진 이름이어!
불너도 主人주인 업는 이름이어!
부르다가 내가 죽을 이름이어!

心中심중에 남아 잇는 말 한마듸는
끗끗내 마자 하지 못하엿구나.
사랑하든 그 사람이어!
사랑하든 그 사람이어!

붉은 해는 西山서산마루에 걸니윗다.
사슴이의 무리도 슬피 운다.
쩌러저 나가 안즌 山산 우헤서
나는 그대의 이름을 부르노라.

서름에 겹도록 부르노라.
서름에 겹도록 부르노라.
부르는 소리는 빗겨가지만
하눌과 짱 사이가 넘우 넓구나.

선 채로 이 자리에 돌이 되여도
부르다가 내가 죽을 이름이어!
사랑하든 그 사람이어!
사랑하든 그 사람이어!

개여울의 노래

그대가 바람으로 생겨낫스면!
달 돗는 개여울의 뷘 들 속에서
내 옷의 압자락을 불기나 하지.

우리가 굼벙이로 생겨낫스면!
비 오는 저녁 캄캄한 녕 기슭의
미욱한 쑴이나 쑤어를 보지.

만일에 그대가 바다 난 씃의
벼랑에 돌로나 생겨낫드면,
둘이 안고 굴며 쩌러나지지.

만일에 나의 몸이 불鬼神귀신이면
그대의 가슴속을 밤도아 태와
둘이 함께 재 되여 스러지지.

굼벙이 '굼벵이'의 방언
바다 난 씃 바다가 생겨난 끝
불귀신 불을 맡아 다스리거나 불을 낸다고 하는 귀신
밤도아 밤을 새워서

길

어제도 하로밤
나그네 집에
가마귀 가왁가왁 울며 새엿소.

오늘은
또 몇 十십 里리
어듸로 갈까.

山산으로 올나갈까
들로 갈까
오라는 곳이 업서 나는 못 가오.

말 마소 내 집도
定州정주 郭山곽산
車차 가고 배 가는 곳이라오.

여보소 공중에
저 기러기
공중엔 길 잇섯서 잘 가는가?

여보소 공중에
저 기러기
열十字십자 복판에 내가 섯소.

갈내갈내 갈닌 길
길이라도
내게 바이 갈 길은 하나 없소.

바이 아주 전혀

박영근, 길, 캔버스에 유화, 60.6×72.7cm, 2020

김선두, 개여울, 장지에 먹, 분채, 65×93cm, 2020

개여울

당신은 무슨 일로
그리합니까?
홀로히 개여울에 주저안자서

파릇한 풀포기가
도다나오고
잔물은 봄바람에 해적일 쌔에

가도 아주 가지는
안노라시든
그러한 約束약속이 잇섯겟지요

날마다 개여울에
나와 안자서
하염업시 무엇을 생각합니다

가도 아주 가지는
안노라심은
구지 닛지 말라는 부탁인지요

배달래, 가는 길_그리움이 흐르는 강, 캔버스에 유화, 80.3×116.8cm, 2020

가는 길

그립다
말을 할까
하니 그리워

그냥 갈까
그래도
다시 더 한 番_번……

저 山_산에도 가마귀, 들에 가마귀,
西山_{서산}에는 해 진다고
지저귑니다.

압 江_강물, 뒷 江_강물,
흐르는 물은
어서 짜라오라고 짜라가쟈고
흘너도 넌다라 흐릅듸다려.

정용국, 왕십리, 한지에 수묵, 68.3×70cm, 2020

徃十里왕십리

비가 온다
오누나
오는 비는
올지라도 한 닷새 왓스면 죠치.

여드래 스무날엔
온다고 하고
초하로 朔望삭망이면 간다고 햇지.
가도 가도 徃十里왕십리 비가 오네.

웬 걸, 저 새야
울냐거든
徃十里왕십리 건너가서 울어나 다고,
비 마자 나른해서 벌새가 운다.

天安천안에 삼거리 실버들도
촉촉히 저젓서 느러젓다데.
비가 와도 한 닷새 왓스면 죠치.
구름도 山산마루에 걸녀서 운다.

삭망 초하루 삭망(음력 초하룻날과 보름날을 아울러 이르는 삭망 중 초하루를 뜻함)

鴛鴦枕 원앙침

바드득 니를 갈고
죽어볼까요
窓창사에 아롱아롱
달이 빗춘다

눈물은 새우잠의
팔굽벼개요
봄 쒱은 잠이 업서
밤에 와 운다.

두동달이벼개는
어듸 갓는고
언제는 둘이 자든 변개머리에
『죽쟈 사쟈』 언약도 하여보앗지.

봄메의 멧기슭에
우는 접동도
내 사랑 내 사랑
죠히 울것다.

110

두동달이벼개는
어듸 갓는고
窓창까에 아롱아롱
달이 빗츈다.

신장식, 산, 캔버스에 아크릴릭, 100×65cm, 2018

山산

山산새도 오리나무
우혜서 운다
山산새는 왜 우노, 시메山산골
嶺영 넘어갈나고 그래서 울지.

눈은 나리네, 와서 덥피네.
오늘도 하롯길
七八十칠팔십 里리
도라섯서 六十육십 里리는 가기도 햇소.

不歸불귀, 不歸불귀, 다시 不歸불귀,
三水甲山삼수갑산에 다시 不歸불귀.
사나희 속이라 니즈련만,
十五십오 年년 정분을 못 닛겟네

산에는 오는 눈, 들에는 녹는 눈.
山산새도 오리나무
우혜서 운다.
三水甲山삼수갑산 가는 길은 고개의 길.

시메산골 두메산골
삼수갑산 우리나라에서 가장 험한 산골이라 이르던 함경남도 삼수와 갑산

배달래, 진달래꽃_메마른 눈물, 캔버스에 유화, 80.3×116.8cm, 2020

진달내쏫

나 보기가 역겨워
가실 째에는
말업시 고히 보내 드리우리다

寧邊영변에 藥山약산
진달내쏫
아름 짜다 가실 길에 쌘리우리다

가시는 거름거름
노힌 그 쏫츨
삽분히 즈려밟고 가시옵소서

나 보기가 역겨워
가실 째에는
죽어도 아니 눈물 흘니우리다

朔州龜城 삭주구성

물로 사흘 배 사흘
먼 三千 里삼천 리
더더구나 거러 넘는 먼 三千 里삼천 리
朔州龜城삭주구성은 山산을 넘은 六千 里육천리요

물 마자 함빡히 저즌 제비도
가다가 비에 걸녀 오노랍니다
저녁에는 놉픈 山산
밤에 놉픈 山산

朔州龜城삭주구성은 山산 넘어
먼 六千 里육천리
각금각금 꿈에는 四五千 里사오천 리
가다오다 도라오는 길이겟지요

서로 떠난 몸이길내 몸이 그리워
님을 둔 곳이길내 곳이 그리워
못 보앗소 새들도 집이 그리워
南北남북으로 오며가며 안이합듸까

뜰 싯테 나라가는 나는 구름은
밤씀은 어듸 바로 가 잇슬 텐고
朔州龜城 삭주구성은 山산 넘어
먼 六千 里 육천리

삭주구성 평안북도 삭주군과 구성군
함쌕히 함빡히(물이 쪽 내배도록 젖은 모양)
안이합듸까 아니합디까

널

城村성촌의 아가씨들
널 뛰노나
초파일날이라고
널을 뛰지요

바람 부러요
바람이 분다고!
담 안에는 垂楊수양의 버드나무
彩色채색줄 層層층층그네 매지를 마라요

담 밧게는 垂陽수양의 느러진 가지
느러진 가지는
오오 누나!
휘젓이 느러저서 그늘이 깁소.

죠타 봄날은
몸에 겹지
널뛰는 城村성촌의 아가씨네들
널은 사랑의 버릇이라오

채색줄 색깔이 있는 헝겊을 덧대어 만든 그넷줄

120

접동새

접동
접동
아우래비 접동

津頭江_{진두강} 가람ㅅ가에 살든 누나는
津頭江_{진두강} 압 마을에
와서 웁니다

옛날, 우리나라
먼 뒤쪽의
津頭江_{진두강} 가람ㅅ가에 살든 누나는
이붓어미 싀샘에 죽엇습니다

누나라고 불너보랴
오오 불설워
싀새움에 몸이 죽은 우리 누나는
죽어서 접동새가 되엿습니다

접동 접동새 설화 속 '아홉 오랍동생'과 접동새의 울음소리인 '접동'을 더해 한스러운
울음을 표현
이붓어미 의붓어미(계모)

아웁이나 남아 되든 오랩동생을
죽어서도 못 니저 참아 못 니저
夜三更_{야삼경} 남 다 자는 밤이 깁프면
이 山_산 저 山_산 올마가며 슬피 움니다

싀샘 시샘
불설워 불쌍하고 서러워
아웁 아홉
오랩동생 여자가 사내 동생을 일컫는 말('오랩'은 남동생을 뜻하는 오라비가 축약된 형태의
평안도 방언)

김선두, 접동새, 장지에 먹, 분채, 76×48cm, 2020

집 생각

山산에나 올나섯서
바다를 보라
四面사면에 百백열里리, 滄波창파 즁에
客船객선만 즁즁…… 써나간다.

名山大刹명산대찰이 그 어듸메냐
香案향안, 香榻향탑, 대그릇에,
夕陽석양이 山산머리 넘어가고
四面사면에 百백열里리, 물소래라

『졂어서 쏫 갓튼 오늘날로
錦衣금의로 還故鄕환고향 하옵소사.』
客船객선만 즁즁…… 써나간다.
사면에 百백열里리, 나 어찌 갈싸

싸토리도 山산속에 색기치고
他關萬里타관만리에 와 잇노라고
山산즁만 바라보며 목메인다
눈물이 압플 가리운다고

들에나 나려오면
치어다보라
해님과 달님이 넘나든 고개
구름만 첩첩…… 쩌도라간다

즁즁 둥둥
향탑 향료나 향합을 올려놓는 상

신장식, 산유화, 캔버스에 한지 아크릴릭, 98×64cm, 2015

山有花 산유화

山산에는 숫 피네
숫치 피네
갈 봄 녀름 업시
숫치 피네

山산에
山산에
피는 숫츤
저만치 혼자서 피여 잇네

山산에서 우는 적은 새요
숫치 죠와
山산에서
사노라네

山산에는 숫 지네
숫치 지네
갈 봄 녀름 업시
숫치 지네

숫 燭촉불 켜는 밤

숫 燭촉불 켜는 밤, 깁픈 골방에 맛나라.
아직 절머 모를 몸, 그래도 그들은
『해 달갓치 밝은 맘, 저저마다 잇노라.』
그러나 사랑은 한두 番번만 안이라, 그들은 모르고.

숫 燭촉불 켜는 밤, 어스러한 窓창 아래 맛나라.
아직 압길 모를 몸, 그래도 그들은
『솔대갓치 구든 맘, 저저마다 잇노라.』
그러나 세상은, 눈물 날 일 만하라, 그들은 모르고.

맛나라 만나라
절머 젊어
저저마다 '저마다'를 강조하는 말
솔대갓치 소나무와 대나무같이(변하지 않는 굳은 지조와 절개를 의미)
구든 맘 굳은 마음
만하라 많아라

富貴功名 부귀공명

거울 드러 마주 온 내 얼골을
좀 더 미리부터 아랏던들!
늙는 날 죽는 날을
사람은 다 모르고 사는 탓에,
오오 오직 이것이 참이라면,
그러나 내 세상이 어듸인지?
지금부터 두 여들 죠흔 年光연광
다시 와서 내게도 잇슬 말로
前전보다 좀 더 前전보다 좀 더
살음 즉이 살넌지 모르련만.
거울 드러 마주 온 내 얼골을
좀 더 미리부터 아랏던들!

두 여들 둘 여덟(이팔 16세의 꽃다운 청춘)
연광 젊은 나이

꿈길

물구슬의 봄 새벽 아득한 길
하늘이며 들 사이에 널븐 숩
저즌 香氣_{향기} 붉웃한 닙 우의 길
실그물의 바람 비처 저즌 숩
나는 거러가노라 이러한 길
밤저녁의 그늘진 그대의 쑴
흔들니는 다리 우 무지개 길
바람조차 가을 봄 거츠는 쑴

물구슬 이슬
거츠는 거쳐가는

사노라면 사람은 죽는 것을

하로라도 멧 番번식 내 생각은
내가 무엇 하랴고 살랴는지?
모르고 사랏노라, 그럴 말로
그러나 흐르는 저 냇물이
흘너가서 바다로 든댈진댄.
일로조차 그러면, 이내 몸은
애쓴다고는 말부터 니즈리라.
사노라면 사람은 죽는 것을
그러나, 다시 내 몸,
봄빗의 불붓는 사태흙에
집 짓는 저 개아미
나도 살려 하노라, 그와 갓치
사는 날 그날까지
살음에 즐겁어서,
사는 것이 사람의 본쯧이면
오오 그러면 내 몸에는
다시는 애쓸 일도 더 업서라
사노라면 사람은 죽는 것을.

멧 번식 몇 번씩
그럴 말로 그럴 것으로 말한다면   일로조차 이것조차

하다못해 죽어달내가 올나

아조 나는 바랄 것 더 업노라
빗치랴 허공이랴,
소리만 남은 내 노래를
바람에나 씌워서 보낼박게.
하다못해 죽어달내가 올나
좀 더 놉픈 데서나 보앗스면!

한세상 다 살아도
살은 뒤 업슬 것을,
내가 다 아노라 지금까지
사랏서 이만큼 자랏스니.
예전에 지나본 모든 일을
사랏다고 니를 수 잇슬진댄!

물까의 다라저 널닌 굴 섭풀에
붉은 가시덤불 버더 늙고
어득어득 점은 날을
비바람에 울지는 돌무덕이
하다못해 죽어달내가 올나
밤의 고요한 쌔라도 직켯스면!

죽어달내가 올나 죽어달라는 게 옳나
니를 수 이를 수
다라저 널닌 닳아져 널린
굴 **썹풀** 굴 껍데기
버더 벋어
점은 저문
울지는 움직이는

배달래, 나는 세상모르고 살았노라_무덤가에 핀 불꽃
캔버스에 유화, 80.3×116.8cm, 2020

나는 세상모르고 사랏노라

『가고 오지 못한다』는 말을
철업든 내 귀로 드럿노라.
萬壽山^{만수산} 올나서서
옛날에 갈나선 그 내 님도
오늘날 뵈올 수 잇섯스면

나는 세상모르고 사랏노라,
苦樂^{고락}에 겨운 입술로는
갓튼 말도 죠곰 더 怜悧^{영리}하게
말하게도 지금은 되엿건만.
오히려 세상모르고 사랏스면!

『도라서면 모심타』고 하는 말이
그 무슨 쏫인 줄을 아랏스랴.
啼昔山^{제석산} 붓는 불은 옛날에 갈나선 그 내 님의
무덤엣 풀이라도 태왓스면!

고락 괴로움과 즐거움
겨운 견디기 어려운
모심타 무심하다

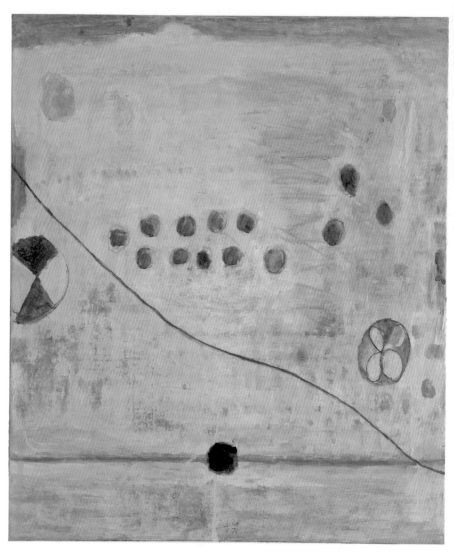

장현주, 금잔듸, 장지에 분채, 45.5×53cm, 2020

金금잔듸

잔듸,
잔듸,
금잔듸,
深深山川심심산천에 붓는 불은
가신 님 무덤ㅅ가에 금잔듸.
봄이 왓네, 봄빗치 왓네
버드나무 끗터도 실가지에.
봄빗치 왓네, 봄날이 왓네,
深深山川심심산천에도 금잔듸에.

끗터도 끝에도

장현주, 첫 치마, 장지에 먹, 목탄, 분채, 75×107cm, 2020

첫 치마

봄은 가나니 저믄 날에,
솟츤 지나니 저믄 봄에,
속업시 우나니, 지는 솟츨,
속업시 늣기나니 가는 봄을.
솟 지고 닙 진 가지를 잡고
밋친 듯 우나니, 집난이는
해 다 지고 저믄 봄에
허리에도 감은 첫 치마를
눈물로 함쌕이 쥐여짜며
속업시 우노나 지는 솟츨,
속업시 늣기노나, 가는 봄을.

집난이 '시집간 딸'의 방언

김선두, 엄마야 누나야, 장지에 먹, 분채, 65×93cm, 2020

엄마야 누나야

엄마야 누냐아 江邊강변 살쟈,
쓸에는 반싹는 金금금래 빗,
뒷門문 박게는 갈닙의 노래
엄마야 누냐야 江邊강변 살쟈.

닭은 쇠우요

닭은 쇠우요, 쇠우요 울 제,
헛잡으니 두 팔은 밀녀낫네.
애도 타리 만치 기나긴 밤은……
꿈 깨친 뒤엔 감도록 잠 아니 오네.

우헤는 靑草청초 언덕, 곳은 깁섬,
엇저녁 대인 南浦남포 배싼.
몸을 잡고 뒤재며 누엇스면
솜솜하게도 감도록 그리워오네.

아모리 보아도
밝은 燈등불, 어스렷한데.
감으면 눈 속엔 흰 모래밧,
모래에 얼인 안개는 물 우헤 슬 제

大同江대동강 뱃나루에 해 도다오네.

깁섬 대동강 한가운데 있는 섬 능라도를 말함('깁'은 비단을 뜻하는 것으로 능라도는 비단
을 깔아놓은 듯 아름다운 섬이라 불림)
뒤재며 뒤척이며
슬 제 스칠 때

박영근, 팔벼개 노래, 캔버스에 유화, 72.7×60.6cm, 2020

팔벼개 노래調조

첫날에 길동무
만나기 쉬운가
가다가 만나서
길동무 되지요.

날 긇다 말어라
家長가장님만 님이랴
오다가다 만나도
정 붓들면 님이지.

花紋席화문석 돗자리
꽂燭臺촛대 그늘엔
七十年70년 苦樂고락을
다짐 둔 팔벼개.

드나는 곁방의
미닫이 소리라
우리는 하루밤
빌어 얻은 팔벼개.
朝鮮조선의 江山강산아

네가 그리 좁더냐
三千里삼천리 西道서도를
끝까지 왔노라.

三千里삼천리 西道서도를
내가 여기 웨 왔나
南浦남포의 사공님
날 실어다 주었소.

집 뒷山산 솔밭에
버섯 따던 동무야
어느 뉘 집 家門가문에
시집가서 사느냐.

嶺南영남의 晋州진주는
자라난 내 故鄕고향
父母부모 없는
故鄕고향이라우.

오늘은 하루밤
단잠의 팔벼개
來日내일은 相思상사의
거문고 벼개라.
첫닭아 꼬꾸요

목놓지 말아라
품속에 있던 님
길차비 차릴라.

두루두로 살펴도
金剛금강 斷髮令단발령
고개길도 없는 몸
나는 어찌하라우.

嶺南영남의 晋州진주는
자라난 내 故鄕고향
돌아갈 故鄕고향은
우리 님의 팔벼개.

날 나를
긇다 그르다
다짐 둔 다짐 두다(틀림이 없도록 다짐을 하다)
드나는 들고 나는
곁방 곁에 인접해 있는 방
상사 서로 생각하고 그리워함
길차비 길채비(여행이나 먼 길 떠날 준비)

김선두, 산수갑산, 장지에 먹
97×75cm, 2020

次 岸曙 先生 三水甲山韻 차 안서 선생 삼수갑산운

三水甲山삼수갑산 나 웨 왔노.
三水甲山삼수갑산이 어디메냐.
오고 나니 崎險기험타.
아하, 물도 많고 山疊疊산첩첩이라.

내 故鄕고향을 도루 가자
내 故鄕고향을 내 못 가네.
三水甲山삼수갑산 멀더라
아하, 촉도지난이 예로구나.

三水甲山삼수갑산 어디메냐
내가 오고 내 못 가네.
不歸불귀로다 내 故鄕고향을
아하, 새드라면 떠가리라.

님 계신 곳 내 故鄕고향을
내 못 가네, 내 못 가네.
오다 가다 야속타
아하, 三水甲山삼수갑산이 날 가둡네.

150

내 故鄉고향을 가고지고

三水甲山삼수갑산 날 가둡네

不歸불귀로다 내 몸이야

아하, 三水甲山삼수갑산 못 벗어난다.

기험타 기험하다(세상살이가 순탄하지 못하고 탈이 많다)
촉도지난 촉도지란蜀道之難(중국 사천성의 촉蜀 지방으로 통하는 험난한 길이라는 뜻으로,
'거친 인생행로'를 뜻함)
새드라면 새였더라면

고만두풀 노래를 가져 月灘월탄에게 드립니다.

1

즌퍼리의 물까에
우거진 고만두
고만두풀 꺾으며
「고만두라」 합니다.

두 손길 맞잡고
우두커니 앉았소
잔즈르는 愁心歌수심가
「고만두라」 합니다.

슬그머니 일면서
「고만 갑소」 하여도
앉은 대로 앉아서

월탄 소설가이자 시인인 박종화의 호
즌퍼리 진퍼리(진펄, 땅이 질어 질퍽한 벌)
고만두 고마리(물가에서 자라며 물을 깨끗하게 해주는 풀로, 너무 잘 자라 고만 자라라는 의
미로 '고만이'라고 부르기도 함)

「고만두고 맙시다」고.
고만두 풀숲에
풀버러지 날을 때
둘이 잡고 번갈아
「고만두고 맙시다.」

2

「어찌 하노 하다니」
중어리는 혼잣말
나도 몰라 왔어라
입버릇이 된 줄을.

쉬일 때나 있으랴
生時 생시엔들 꿈엔들
어찌하노 하다니
뒤재이는 생각을.

하지마는 「어찌노」
중어리는 혼잣말
바라나니 人間 인간에
봄이 오는 어느 날.

중어리는 중얼거리는

돋히어나 주과저
마른 나무 새 엄을,
두들겨나 주과저
소리 잊은 내 북을.

돋히어나 돋아오르다
주과저 주었으면
엄 움(풀이나 나무에 새로 돋아 나오는 싹)

돈타령

1

요 닷 돈을 누를 줄꼬? 요 마음.
닷 돈 가지고 甲紗^{갑사}댕기 못 끊갔네
은가락지는 못 사갔네 아하!
마코를 열 개 사다가 불을 옇자 요 마음.

2

되려니 하니 생각.
滿洲^{만주} 갈까? 鑛山^{광산}엘 갈까?
되갔나 안 되갔나 어제도 오늘도
이러저러하면 이리저리 되려니 하는 생각.

누를 누구를
끊갔네 끊겠네(끊다, 옷감을 사다)
마코 일본 식민지 시대의 담배 상표 중 하나
옇자 '넣자'의 방언

3

있을 때에는 몰랐더니
없어지니까 네로구나.

있을 때에는 몰랐더니
없어지니까 네로구나.

몸에 값진 것 하나도 없네
내 남은 밑천이 本心본심이라.

있던 것이 병발이라
없드니 편만 못하니라.

가는 법이 그러니라
靑春청춘 아울러 가지고 갔네.

술 고기만 먹으랴고
밥 먹고 싶을 줄 네 몰랐지.

네로구나 너로구나
병발 몸에 생긴 병
없드니 편만 없느니 편만(없느니만)

색씨와 친구는 붙은 게라고
네 처권 없을 줄 네 몰랐지.

人格인격이 잘나서 제로라고
무엇이 난 줄을 네 몰랐지.

千金散盡천금산진 還復來환복래는
없어진 뒤에는 아니니라.

상감님이 되어서락도
발은 것이 나드니라.
人生不得인생부득 更少年갱소년은
내가 있고서 할 말이다.

漢江水한강수라 人道橋인도교가
낮고 높음을 았았드냐.

가는 법이 그러니라
勇氣용기 아울러 가지고 간다.

제로라고 제일이라고
천금산진 환복래 천금이 모두 흩어져도 다시 돌아온다
발은 바라는
나드니라 나(돈)더니라(나더라, 돈이더라)
인생부득 갱소년 사람은 다시 젊은 시절을 얻지 못한다

내가 누군 줄 네 알겠느냐
내가 곧장 네 세상이라.

내가 가니 네 세상 없다
세상이 없이 네 살아보라.

내 賤待_{천대}를 네가 하고
누 賤待_{천대}를 네 받나 보랴.

나를 다시 받드는 것이
네 세상을 받드는 게니라.

따라만 보라 내 또 오마.
따라만 보라 내 또 오마.

아니 온다고 아니 온다고
아니 올 理_리가 있겠느냐.

있어야 하겠기 따르지만
있고 보니 네로구나.

있어야 한다고 따르지만
있고 보면 네로구나.

제이·엠·에쓰

平壤평양서 나신 人格인격의 그 당신님, 제이·엠·에쓰
德덕 없는 나를 미워하시고
才操재주 있던 나를 사랑하셨다
五山오산 계시던 제이·엠·에쓰
十年10년 봄 만에 오늘 아침 생각난다
近年근년 처음 꿈 없이 자고 일어나며.

얽은 얼굴에 자그만 키와 여윈 몸매는
달은 쇠끝 같은 志操지조가 튀어날 듯
타듯 하는 눈瞳구동자만이 유난히 빛나셨다.
民族민족을 위하여는 더도 모르시는 熱情열정의 그 님.

素朴소박한 風采풍채, 仁慈인자하신 옛날의 그 모양대로,
그러나, 아아 술과 계집과 利慾이욕에 헝클어져
十五年15년에 허주한 나를

제이·엠·에쓰 소월이 정주 오산학교에서 공부할 때 교장이었던 조만식의 영어 이름 머리글자 J.M.S.
얽은 얼굴 군데군데 둥그스름하게 패인 마맛자국이 있는 얼굴
허주한 허수한(허수하다, 짜임새나 단정함이 없이 누추하다)

159

웬일로 그 당신님
맘속으로 찾으시오? 오늘 아침.
아름답다 큰 사랑은 죽는 법 없어,
記憶기억되어 恒常항상 내 가슴속에 숨어있어,
미쳐 거츠르는 내 良心양심을 잠재우리,
내가 괴로운 이 세상 떠날 때까지.

거츠르는 거치른

爽快 상쾌한 아침

무연한 벌 위에 들어다 놓은 듯한 이 집
또는 밤새에 어디서 어떻게 왔는지 아지 못할 이 비.
新開地 신개지에도 봄은 와서 가냘픈 빗줄은
뚝가의 어슴푸레한 개버들 어린 엄도 추기고,
난벌에 파릇한 뉘 집 파밭에도 뿌린다.
뒷 가시나무 밭에 깃들인 까치 떼 좋와 짖거리고
개굴까에서 오리와 닭이 마주앉아 깃을 다듬는다.
무연한 이 벌 심거서 자라는 꽃도 없고 멧꽃도 없고
이 비에 장차 이름 모를 들꽃이나 필는지?
壯快 장쾌한 바닷 물결, 또는 丘陵 구릉의 微妙 미묘한 起伏 기복도 없이
다만 되는대로 되고 있는 대로 있는, 무연한 벌!
그러나 나는 내버리지 않는다, 이 땅이 지금 쓸쓸타고,
나는 생각한다, 다시금, 시언한 빗발이 얼굴에 칠 때,
예서뿐 있을 앞날의, 많은 變轉 변전의 후에
이 땅이 우리의 손에서 아름답아질 것을! 아름답아질 것을!

추기고 축이고
난벌 탁 트인 넓은 벌판
심거서 심어서
멧꽃 산꽃
예서뿐 오직 여기에만

故鄉 고향

1

즘생은 모르나니 고향이나마
사람은 못 잊는 것 고향입니다
생시에는 생각도 아니 하던 것
잠들면 어느덧 고향입니다.

조상님 뼈 가서 묻힌 곳이라
송아지 동무들과 놀던 곳이라
그래서 그런지도 모르지마는
아아 꿈에서는 항상 고향입니다.

2

봄이면 곳곳이 山산새 소리
진달래 花草화초 滿發만발하고
가을이면 골자구니 물드는 丹楓단풍
흐르는 샘물 우에 떠나린다.

즘생 짐승

162

바라보면 하늘과 바닷물과
차 차 차 마주 붙어 가는 곳에
고기잡이 배 돛 그림자
어기여차 디엇차 소리 들리는 듯.

3

떠도는 몸이거든
故鄕고향이 탓이 되어
부모님 記憶기억 동생들 생각
꿈에라도 恒常항상 그곳서 뵈옵니다.

고향이 마음속에 있습니까.
마음속에 고향도 있습니다
제 넋이 고향에 있습니까
고향에도 제 넋이 있습니다.

4

물결에 떠나려간 浮萍부평 줄기
자리 잡은 새도 없네

부평 개구리밥

제 자리로 돌아갈 날 있으랴마는!
괴로운 바다 이 세상의 사람인지라 돌아가리.

고향을 잊었노라 하는 사람들
나를 버린 고향이라 하는 사람들
죽어서마는 天涯一方 천애일방 헤매지 말고
넋이라도 있거들랑 고향으로 네 가거라.

천애일방 하늘 끝의 한 귀퉁이라는 뜻으로, 고향에서 아주 멀리 떨어져 있음을 말함

가는 봄 三月.삼월

가는 봄 三月삼월, 三月삼월은 삼질
江南강남 제비도 안 닛고 왓는데.
아무렴은요
설게 이 째는 못 닛게, 그립어.

니즈시기야, 햇스랴, 하마 어느새,
님 부르는 쇠소리 소리.
울고 십흔 바람은 점도록 부는데
설리도 이째는
가는 봄 三月삼월, 三月삼월은 삼질.

삼질 삼진(음력 3월 3일 삼짇날)
설게 서럽게
하마 벌써
점도록 저물도록(날이 저물 때까지)
설리도 서럽게도

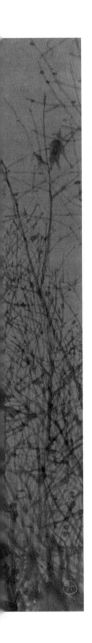

정용국, 꿈자리, 한지에 수묵, 68.3×70cm, 2020

쉼자리

오오 내 님이어? 당신이 내게 주시랴고 간 곳마다 이 자리를 쌀아 노하두시지 안흐셧서요. 그러켓서요 確實히 그러신 줄을 알겟서요. 간 곳마다 저는 당신이 펴노하 주신 이 자리 속에서 恒常 살게 됨으로 당신이 미리 그러신 줄을 제가 알앗서요.

오오 내 님이어! 당신이 쌀아 노하주신 이 자리는 맑은 못 밋과 가티 고조곤도하고 안윽도 햇서요. 홈싹홈싹 숨치우는 보들압은 모래 바닥과 가튼 긴 길이 恒常 외롭고 힘업슨 제의 발길을 그립은 당신한테로 引導하여 주겟지요. 그러나 내 님이어! 밤은 어둡구요 찬바람도 불겟지요. 닭은 울엇서도 여태도록 빗나는 새벽은 오지 안켓지요. 오오 제 몸에 힘 되시는 내 그립은 님이어! 외롭고 힘업슨 저를 부둥켜안으시고 永遠히 당신의 미듬성스럽은 그 품속에서 저를 잠들게 하여주셔요.

당신이 쌀아 노하주신 이 자리는 외로웁고 쓸쓸합니다마는 제가 이 자리 속에서 잠자고 놀고 당신만을 생각할 그째에는 아무러한 두려움도 업고 괴롭움도 니저버려지고 마는대요.

그러면 님이어! 저는 이 자리에서 종신토록 살겟서요.

오오 내 님이어! 당신은 하로라도 저를 이 세상에 더 묵게 하시랴고 이 자리를 간 곳마다 쌀아 노하두셧서요. 집 업고 孤單한 제 몸의 蹤跡을 불상히 생각하셔서 검소한 이 자리를

간 곳마다 제 所有소유로 작만하여 두셨서요. 그리고 또 당신은
제 엷은 목숨의 줄을 온전히 붓잡아 주시고 외롭히 一生일생을
제가 危險위험 업슨 이 자리 속에 살게 하여주셨서요.
　오오 그러면 내 님이어! 끗끗내 저를 이 자리 속에 두어주셔
요. 당신이 손소 당신의 그 힘 되고 미듬성 부른 품속에다 고요
히 저를 잠들려 주시고 저를 또 이 자리 속에 당신이 손소 무더
주셔요.

못 밋 못 밑바닥
고조곤도하고　고조곤하다(고요하고 조용하다는 뜻의 방언)
보들압은　보드라운
작만하여　장만하여
손소　손수
미듬성 부른　믿음성 부른(믿고 의지할 만한)

달밤

져 달이 나다려 소삭입니다
당신이 오늘 밤에 니즈신다고.

낫갓치 밝은 그 달밤의
흔들녀 머러오는 물노래고요,
그 노래는 넘어도 외롭음에
근심이 사뭇 되여 빗깁니다.

부승기는 맘에 갈기는 쯧에
그지업시 씨달핀 이내 넉을,
쥬님한테 온젼히 당신한테
모아 묵거 밧칩니다.

그러나 괴롭은 가슴에 쪄안기는 달은
속속드리 당신을 쏘라냅니다……
당신이 당신이 오늘 밤에 니즈신다고
내 맘에 미욱함이 불서럽다고.

니즈신다고 잊으신다고
넘어도 너무도
부승기는 한숨 쉬는
갈기는 갈리는
그지업시 그지없이(이루 다 말할 수 없이)
씨달핀 시달린
쏘라냅니다 쏠아냅니다(쏠다, 쥐나 좀 따위가 물건을 잘게 물어뜯다)
미욱함이 미욱하다(하는 짓이나 됨됨이가 매우 어리석고 미련하다)
불서럽다고 불쌍하고 서럽다고

나무리벌 노래

新載寧신재령에도 나무리벌
물도 만코
쌍 조흔 곳
滿洲만주 奉天봉천은 못 살 곳.

왜 왓느냐
왜 왓드냐
자고자곡이 피쌈이라
故鄕山川고향산천이 어듸메냐.

黃海道황해도
新載寧신재령
나무리벌
두 몸이 김매며 살엇지요.

올벼 논에 다은 물은
츨엉츨엉
벼 잘안다
新載寧신재령에도 나무리벌.

신재령 황해도 재령군에 있는 읍
나무리벌 조선의 3대 평야 중 하나인 재령평야의 중심인 나무리 들판
자고자곡 자국자국(각각의 자국마다)
올벼 제철보다 일찍 여무는 벼
벼 잘안다 벼가 자란다

가막덤불

산에 가시나무
가막덤불은
덤불덤불 山산마루로
버더 올낫소

山산에는 가랴 해도
가지 못하고
바로 말로
집도 잇는 내 몸이라오
길에는 혼잣몸의
홋옷자락은
하로밤 눈물에는
젓기도 햇소

山산에는 가시나무
가막덤불은
덤불덤불 山산마루로
버더 올낫소

가막덤불 풀과 나무가 무성하게 엉클어져 속이 들여다보이지 않는 덤불
버더 올낫소 벋어 올랐소
바로 말로 말하자면
혼잣몸 홀몸
홋옷 홑옷(한 겹으로 지은 옷)

장현주, 옷과 밥과 자유, 장지에 분채, 51×73cm, 2020

옷과 밥과 自由_{자유}

空中_{공중}에 써단니는
저긔 저 새여
네 몸에는 털 잇고 짓이 잇지.
밧헤는 밧곡석
눈에 물베.
눌하게 닉어서 숙으러젓네.
楚山_{초산} 지나 狄踰嶺_{적유령}
넘어선다.
짐 실은 저 나귀는 너 왜 넘늬?

짓 깃(새의 날개와 털)
밧곡석 밭곡식
눈에 물베 논에 물벼
눌하게 닉어서 누렇게 익어서

비소리

수수수수 수수…… 쏘우
수수수수…… 쏘우……
밤 깁도록 無心무심히 누어
비 오는 소리 드러라.

앗갑지도 안은 몸이라 世上事세상사 니럿고,
오직 쏫하나니 나에게 뉘우츰과 발원이
아 이믜 더럽핀 心靈심령을
깨끗하게 하과져 나날이 한 가지식이라도

쑥 쑥 쑥 …… 쑥 쑥
비와 한가지로 싀진한 맘이어 드러안즌 몸에는
다만 비 쏫는 이 소래가 굵은 눈물과 달지 안어,
쓴칠 줄을 몰나라 부드럽은 중에도.

하 몰아라 人情인정은 불붓는 것 젊음.
하로 밤 매즌 꿈이면 오직 사람 되는 제 길을!
수수수수 수수…… 쏘우
이윽고 비는 다시 내리기 始作시작할 째.

178

니럿고 잃었고
발원 기원(신이나 부처에게 비는 소원)
하과져 하고자
싀진한 시진한(시진하다, 기운이 빠져 없어지다)
쏫는 듣는(방울져 떨어지다)
달지 안어 다르지 않아

돈과 밥과 맘과 들

一

얼골이면 거울에 빗추어도 보지만 하로에도 몃 번식 빗추어도
보지만 엇제랴 그대여 우리들의 쏫갈은 百^백을 산들 한 번을 빗
출 곳이 잇스랴

二

밥 먹다 죽엇스면 그만일 것을 가지고
잠자다 죽엇스면 그만일 것을 가지고 서로 가락 그럿치 어쩌면
우리는 쏙하면 제 몸만을 내세우려 하드냐 호뮈 잡고 들에 나
려서 곡식이나 길으자

三

순즉한 사람은 죽어 하늘나라에 가고
모질든 사람은 죽어 지옥 간다고 하여라
우리나 사람들아 그뿐 아라둘진댄 아무런 괴롭음도 다시업시
살 것을 머리 숙우리고 안잣든 그대는

다시 「돈!」 하며 건넌 山산을 건느다보게 되누나

四

등잔불 그무러지고 닭소래는 자즌데
엿태 자지 안코 잇드냐 다심도 하지 그대요 밤새면 내일 날이
쏘 잇지 안우

五

사람아 나다려 말성을 마소
거슬너 예는 물을 거슬인다고
말하는 사람부터 어리석겟소

엇제랴 어쩌랴
쏫갈 뜻갈(성깔, 성질)
서로 가락 그럿치 서로 가려고 그렇지
쏙하면 찍하면(툭하면)
그무러지고 어두워지고(꾸물꾸물 흐려지고)
다심도 하지 다심하다(조그만 일에도 마음이 안 놓여 여러 가지로 생각하거나 걱정하는 게
많다)
나다려 나더러
말성 말썽

가노라 가노라 나는 가노라
내 성품 슂는 대로 나는 가노라
열두 길 물이라도 나는 가노라

달내여 아니 듯는 어린 즉 맘이
닐너서 아니 듯는 오늘날 맘의
장본이 되는 줄을 몰낫드늬

六

아니면 아니라고
말을 하오
소라도 움마 하고 울지 안소
기면 기라고락도
말을 하오
저울축은 한곳에 노힌다오

기라고 한대서 깁버 쮜고

슂는 대로 끄는 대로
달내여 아니 듯는 달래어 아니 듣는
어린 즉 맘이 어릴 적 마음이
닐너서 일러서
장본 어떤 일이 크게 벌어지게 되는 근원

182

아니라고 한대서 눈물 흘니고
단념하고 도라설 내가 아니오

七

금전 반짝
은전 반짝
금전과 은전이 반짝반짝

여보오
서방님
그런 말 마오

넘어가요
넘어를 가요
두 손길 마주잡고 넘어나 가세
여보오
서방님
저긔를 보오

엇저녁 넘든 山산마루에
꼿치 꼿치
퓌엿구러
三年3년을 사라도

몃 三年3년을
닛지를 말라는 솟치라오

그러나 세상은
내 집 길도
한 길이 안이고 열 갈내라

여보오 서방님 이 세상에
낫다가 금전은 내 못 써도
당신 위해 千兩천냥을 쓰오리다

바다짜의 밤

한 줌만 가느다란 죠흔 허리는
품 안에 차츰차츰 조라들 쌔는
지새는 겨울 새벽 춥게 든 잠이
어렴풋 째일 쌔다 둘兩ㅅ도 다 갓치
사랑의 말로 못할 깁픈 불안에
쏘 한씃 호쥬군한 엿튼 몽상夢想에.
바람은 쌔우친다 쌔에 바다짜
무섭은 물소래는 잣닐어온다.
컹킨 여들 팔다리 거드채우며
산쓱키 서려오는 머리칼이어.

사랑은 달큼하지 쓰고도 맵지
해짜은 쓸쓸하고 밤은 어둡지.
한밤의 맛난 우리 다 맛쳔가지
너는 쑴의 어머니 나는 아버지.
일시일시 맛낫다 난호여가는
곳 업는 몸 되기도 서로 갓거든.
아아아 허수럽다 바로 사랑도
더욱여 허수럽다 살음은 말로.
아 이봐 그만 닐쟈 창이 희엇다

슬픈 날은 도적 갓치 달녀드럿다.

한 줌만 한 줌쯤
조라들 졸아들(부피나 분량이 작게 되거나 적어지다)
둘도 두 사람도
쏘 한줏 또 한끝(또 한편)
쌔우친다 '재우치다'의 방언(재우치다, 빠르게 몰아치다)
잣닐어온다 자주 일어 온다
켱킨 엉킨
여들 여덟
거드채우며 걷어채우며('걷어채다'의 방언)
산쑥키 산뜩히(갑자기 서늘하게)
해쌰 햇가(바닷가)
맛쳔가지 마찬가지
일시일시 한때 또 한때
난호여가는 나뉘어가는
허수럽다 허수롭다(짜임새나 단정함이 없이 느슨한 데가 있다)
살음은 말로 삶이야말로

186

길차부

가랴말랴 하는 길이엇길내, 차부조차 더듸인 것이 안이얘요.
오 나의 愛人애인이어.

안탁갑아라. 일과 일은 꼬리를 맛물고, 생기는 것 갓슴니다그
려. 그러치 안코야 이 길이 왜 이다지 더듸일까요.

어렷두렷하엿달지, 저리도 해는 산머리에서 바재이고 잇슴니
다. 그런데 왜, 아직아직 내 조고마한 가슴속에는 당신한테 닐
너둘 말이 남아 잇나요,
오 나의 愛人애인이여.

나를 어서 노하 보내주세요. 당신의 가슴속이 나를 꽉 붓잡슴
니다.

길심 매고 감발하는 동안, 날은 어듭슴니다. 야속도 해라, 아
주아주 내 조고만 몸은 당신의 소용대로 내여맛겨도, 당신의
맘에는 깁부겟지오. 아직 아직 당신한테 닐너둘 말이 내 조고
만 가슴에 남아 잇는 줄을 당신이야 왜 모를나구요. 당신의 가
슴속이 나를 꽉 붓잡슴니다.

그러나 오 나의 愛人애인이어.

길차부 길채비(여행이나 먼 길 떠날 준비)
차부 채비(준비)
바재이고 바재이다(마음이 내키는 대로 선뜻 행동하지 못하고 이것저것 자꾸 재다)
길심 매고 길을 떠날 때 옷 차림새를 단단하게 여미고
감발 발감개

187

정용국, 고독, 한지에 수묵, 68.3×70cm, 2020

孤獨 고독

설움의 바닷가의
모래밭이라
沈默 침묵의 하루해만 또 저물었네

歎息 탄식의 바닷가의
모래밭이니
꼭 같은 열두 時 시만 늘 저무누나

바잽의 모래밭에
돋는 봄풀은
매일 붓는 별 불에 터도 나타나

설움의 바닷가의
모래밭은요
봄 와도 봄 온 줄을 모른다더라

이즘의 바닷가의 모래밭이면
오늘도 지는 해니 어서 저다오
아쉬움의 바닷가 모래밭이니
뚝 씻는 물소리나 들려나다오.

바잽 바잼(바재다, 이 생각 저 생각으로 머뭇거리다)
붓는 붙는
벌불 들불
터도 타도
이즘의 잊음의
뚝 둑

마음의 눈물

내 마음에서 눈물 난다.
뒷山_산에 푸르른 미류나무 잎들이 알지,
내 마음에서, 마음에서 눈물 나는 줄을,
나 보고 싶은 사람, 나 한번 보게 하여주소,
우리 작은놈 날 보고 싶어 하지,
건너 집 갓난이도 날 보고 싶을 테지,
나도 보고 싶다, 너희들이 어떻게 자라는 것을.
나 하고 싶은 노릇 나 하게 하여주소.
못 잊혀 그리운 너의 품속이여!
못 잊히고, 못 잊혀 그립길래 내가 괴로와하는 朝鮮_{조선}이여.

마음에서 오늘날 눈물이 난다
앞뒤 한길 포플러 잎들이 안다
마음속에 마음의 비가 오는 줄을,
갓난이야 갓놈아 나 바라보라
아직도 한길 위에 인기척 있나,
무엇 이고 어머니 오시나 보다.
부뚜막 쥐도 이젠 달아났다.

한길 사람이나 차가 많이 다니는 넓은 길

봄과 봄밤과 봄비

오늘 밤, 봄밤, 비 오는 밤, 비가
햇듯햇듯, 보슬보슬, 회친회친, 아주 가이업게 귀엽게
비가 나린다, 비 오는 봄밤,
비야말로, 세상을 모르고,
가난하고 불쌍한 나의 가슴에도 와주는가?
臨津江임진강, 大同江대동강, 豆滿江두만강, 洛東江낙동강, 鴨綠江압록강,
五大江오대강의 이름 외던 地理時間지리시간,
主任先生주임 선생 얼굴이 내 눈에 환하다.
무쇠다리 위에도, 무쇠다리를 스를 듯, 비가 온다.
이곳은 國境국경, 朝鮮조선은 新義州신의주, 鴨綠江압록강 鐵橋철교
朝鮮人조선인, 日本人일본인, 中國人중국인, 몇 名명이나 될꼬 몇 名명
이나 될꼬.
지나간다, 지나를 간다, 돈 있는 사람, 또는, 끼니조차 번들인 사
람,

鐵橋철교 위에 나는 섰다. 分明분명치 못하게? 分明분명하게?
朝鮮조선, 生命생명된 苦憫고민이여!
우러러보라, 멀리멀리 하늘은 가맣고 아득하다.
自動車자동차의 불붙는 두 눈, 騷音소음과 騷音소음과 냄새와 냄새
와,

사람이라 어물거리는 다리 위에는 電燈전등이 밝고나.
다리 아래는 그늘도 깊게 번득거리며
푸른 물결이 흐른다, 굽이치며, 얼신얼신.

스를 듯 슷다(스치다)
번들인 빠뜨린

봄바람

바람아, 봄에 부는 바람아,
山산에 들에 불고 가는 바람아,
자네는 어제오늘 새 눈 트는 버들개지에도 불고,
파릇하다, 볕 가까운
언덕의 잔디 풀, 잔디 풀에도 불고,
하늘에도 불고 바다에도 분다.

오- 그리운, 그리운 봄바람아,
자네는 蒙古몽고의 沙漠사막에 불고,
또 北支那북지나의 古墟고허에 불고.
鴨綠江압록강을 건너면
新義州신의주, 平壤평양, 群山군산, 木浦목포, 그곳을 다 불고,
호젓할새, 외로운 섬 하나,
그곳은 濟州島제주도, 거게서도 불고,
다시 불고 불고 불어 南洋남양을 지나,
對馬島대마도도 지나서 그곳 나라의,
아름답다, 예쁜 山川산천과 달틀한 風物풍물이며,
또는 웃음 곱기로 有名유명한 娼妓창기들의 너그러운 소매며, 이
상한 비단 띠, 또는 굵은 다리샅을 불어주고,
近代的근대적 美國미국은 더 잘 불어주겠지!

푸른 눈썹과 흰 귀밑과, 불룩한 젖가슴,
모던 女여, 모던 아이, 世相세상의 尖端첨단을 걷는,
그들의 해족이는 미혹의 입술과 술잔을 불고 지나,
外交외교의 소용돌이, 歐羅巴구라파의
詐欺師사기사와 機械業者기계업자의, 外交官외교관의 혓바닥을 불고,
돌고 돌아, 다시 이곳, 朝鮮조선 사람에
한 사람인 나의 염통을 불어준다.

오- 바람아 봄바람아, 봄에 봄에
불고 가는 바람아, 쨍쨍히 비치는 햇볕을 따라,
자네는 富者부자집 시악시의 머리 아래 너그럽고 흰 이마의
레트 푸드, 미끄러운 ○體○체를 불고
우리 집 어득한 초막의 너저분한 방 안에도 꿈꾸며 자는
어린 아기의 가벼운 뺨도 어루만져 준다.
인제 얼마 있으면?
인제 얼마 있으면
오지꽃도 피겠지!
복숭아도 피겠지!

고허 오래된 폐허
다리샅 넓적다리의 안쪽
사기사 남을 속여 이득을 꾀하는 사람
염통 심장
○體 해독 불가
오지꽃 오얏꽃

살구꽃도 피겠지!
창 풀밭에 금잉어
술안주도 할 때지!
아! 자네는 갇히운 우리의 마음을 그 얼마나 꾀이노!

갇히운 갇힌

비 오는 날

비 오는 날, 전에는 베를렌의
내 가슴에 눈물의 비가 온다고
그 노래를 불렀더니만,
비 오는 날, 오늘,
나는 「비가 오네」 하고 말 뿐이다.
비 오는 날, 오늘, 포플러 나뭇잎 푸르고
그 잎 그늘에 참새 무리만 자지러진다.
잎에 앉았던 개고리가 한 놈 쩜벙 하고 개울로 뛰어내린다.
비는 싸락비다, 포슬포슬 차츰,
한 알, 두 알, 연달려 비스듬이 뿌린다.
平壤^{평양}에도, 將別里^{장별리}, 오는 비는 모두 꼭 같은 비려니만
비야망정 전일과는 다르도다. 방 아랫목에
자는 어린이 기지개 펴며 일어나 운다. 나는 「저 비 오는 것 보
아!」 하며
今年^{금년} 세 살 먹은 아기를 품에 안고 어른다.
夕陽^{석양}인가, 갓틈 끝 아래로 모여드는 닭의 무리, 암탉은
찬 비 맞아 우는 오굴쇼굴한 병아리를 모으고 있다.
암탉이 못 견디게 꾸득인다. 모이를 주자.

197

베를렌 폴 베를렌(Paul Verlaine, 프랑스의 시인)
싸락비 '가랑비'의 방언
어른다 달랜다
갓틈 얼기설기 만들어놓은 둥우리

외로운 무덤

그대 가자 맘속에 생긴 이 무덤
봄은 와도 꽃 하나 안 피는 무덤.

그대 간 지 十年_{십년}에 뭐라 못 잊고
제철마다 이다지 생각 새론고.

때 지나면 모두 다 잊는다 하나
어제런 듯 못 잊을 서러운 그 옛날.

안타까운 이 心思_{심사} 둘 곳이 없어
가슴 치며 눈물로 봄을 맞노라.

박영근, 외로운 무덤, 캔버스에 유화, 60.6×72.7cm, 2020

저자 소개

김소월

(1902-1934)

1902년 8월 6일(음력) 평안북도 구성에 있는 외가에서 부친 김성도와
모친 장경숙의 장자로 출생한다. 본명은 김정식이다. 태어난 지 백일
후부터 평안북도 정주군 곽산면의 본가에서 자란다. 1904년 부친 김
성도가 당시 경의선 철도 부설공사를 하던 일본 목도꾼에게 폭행을 당
한 이후 정신 이상 증세에 시달리게 되면서 깊은 고통에 잠기게 된다.
1915년 4년제 남산학교를 졸업하고 오산학교 중학부를 입학해 김억
과 사제관계를 맺게 되고, 한시, 민요시, 서구시 등을 본격적으로 접하
게 된다. 1920년에 「낭인浪人의 봄」, 「야夜의 우적雨滴」 등 5편을 소
월素月이라는 필명으로 『창조』지에 발표하며 문단에 데뷔한다. 1923
년 배재고보를 졸업하고 일본 유학길에 올랐으나 관동대진재關東大震災
로 귀국한다. 1925년에 시론 「시혼詩魂」을 발표하고, 그의 생전의 유
일한 시집인 『진달래꽃』을 매문사에서 간행한다. 1926년 8월 평안

북도 구성군에 동아일보 구성지국을 개설하여 이듬해 3월까지 지국장을 역임하기도 한다. 1934년 12월 23일 아편을 과다 복용하고 자살한다. 1939년 스승 김억이 엮은 『소월시초素月詩抄』가 발간된다. 1977년 『문학사상』 11월호에 미발표 소월 자필 유고시 40여 편이 발굴, 게재된다.

김소월은 우리 시사에서 독자들의 사랑을 지속적으로 가장 폭넓게 받고 있는 대표적인 시인이다. 그의 시세계는 분석적으로 이해하기 이전에 이미 정서적 감응과 정화를 불러일으키는 주술 공감의 특성을 지닌다. 그의 이러한 시적 미의식은 20세기 초 조선적 전통의 심원한 인식 속에서 서구적 감수성을 누구보다 예민하게 섭수하여 구현한 독창적인 개성이다. 그래서 김소월의 시세계는 일찍이 그의 스승 김억의 표현대로 "근대화된 민요시인 동시에 자유시"의 진경이다. 그는 세계 조선시인의 가능성을 20세기 초에 이미 온몸으로 성취하고 있었던 것이다. 그의 시가 100여 년의 세월 속에서도 결코 바래지 않는 까닭이 여기에 있다.

'근대화된 민요시'와 세계 조선시인의 탄생
― 김소월의 시세계를 중심으로

홍용희

1. 조선적 근대자유시의 정초

조선의 국권 상실과 서양을 중심으로 한 문물이 급속도로 유입되던 20세기 초의 우리 시사에는 시조와 창가 속에 갇혀 있던 한국어를 해방시켜 새로운 세계를 보여줄 수 있는 시적 양식을 찾아야 하는 과업이 중심에 놓여 있었다. 19세기 말부터 동학혁명을 비롯한 자생적인 반봉건 운동과 근대화의 열망이 일본을 통해 밀려오는 서구 문예 사조와 만나면서 새로운 변화의 격동을 불러왔다. 전통 장르의 해체, 개화기의 창가, 찬송가류, 신체시 등이 혼류하면서 새로운 시적 양식의 모색과 정착이 전개되었다. 다시 말해 근대적 전환기에 진보와 보수, 외래와 전통의 상호 작용이 진행되면서 표현 기법, 예술적 자율성, 민주

주의 이념 등을 구현한 자유시형이 확립된 것이다. 이와 같은 자유시의 정지 작업은 기본적으로 봉건적 중세 미학이 반영된 정형으로부터 탈피와 서구시의 자유로운 형식과 내용을 전범으로 삼고 전개되었다. 그러나 신시 운동은 담당자들 스스로에 의해 폐기되는 경우가 나타나기도 한다. 1920년대 중반 민요, 시조와 같은 전통적 시가 양식의 회귀가 이를 드러낸다. 이것은 조선어가 서구나 일본의 언어와 달라서 그들의 것과 같은 자유시와는 다를 수밖에 없다는 체험적인 문제의식을 바탕으로 하고 있다. 한국 근대 자유시의 형성에 대한 이해는 외재적 요소뿐만 아니라 내재적 자산의 계승 속에서 주체적 개성을 실현해 나가야 한다는 인식과 마주친 것이다. 그래서 1900년대와 1910년대에 걸쳐 창가, 가사, 신시를 거쳐 1910년대 서구시의 영향 속에서 자유시의 형성이 분주하게 전개되었으나 아직 주체적으로 "소화할 능력을 갖추지 못했기 때문에"[1] 완성형에 이르지는 못했다.

　이러한 문제의식 속에 김억이 1925년, 자신이 발행인으로 있는 매문사에서 김소월의 『진달래꽃』을 간행하며 언급한 "近代化근대화된 民謠詩민요시인 동시에 自由詩자유시"라는 지칭은 새삼 주목할 만하다. 이것은 그가 "朝鮮조선말로" "엇더한 詩形시형이 적당한 것"인지 "몬저 살"[2]피는 것이 시급하다는 인식을 전제로 "서양시인의 작품을 많이 참고하여 시의 작법을 알고 겸하여 그네들의 사상 작용을 알아서 우리 朝鮮詩조선시를 지음에 응용"[3]하도록 시도한 방법론의 결과이다. 다시

1) 김윤식, 「1910년대의 시의 인식」, 『근대시와 인식』, 시와시학사, 1992.
2) 김억, 「詩形(시형)의 音律(음율)과 呼吸(호흡)」, 『태서문예신보』, 1919.
3) 장도빈, 「序(서)」, 『懊惱(오뇌)의 舞蹈(무도)』, 광익서관, 1921.

말해 김억은 서구의 근대 자유시형을 우리의 어법, 즉 민요적 감각에 상응하는 운문시형, 시체를 살리면서 주체적 개성을 발현한 방법론적 결실로서 김소월의 『진달래꽃』을 평가하고 있는 것이다.

결국 김소월은 근대 초기의 격동적인 전환기의 시대에 서구의 외래적 요소와 내재적인 전통적 자산을 주체적으로 수용하고 계승하면서 자신의 개성을 구현하여 근대 자유시를 정초시킨 한 전범이라고 할 것이다. 그의 시세계의 외재적 영향은 내재적 계승의 전제 속에서 이루어졌기 때문에 주체적, 창조적 수용이 가능했다고 할 수 있다. 또한 식민지 근대라는 민족적 위기 속에서 조선적 전통과 서구적 외래의 창조적 융합의 목소리는 식민지 근대인을 생산하는 전략에 동화되지 않는 비동일성의 담론을 지향하는 과정이다. 따라서 세계 조선시인의 탄생은 식민지 근대의 구속으로부터 자유와 개성의 언어를 지향하는 의미를 지니기도 한다.

2. 외래적 영향 혹은 아서 시먼스, 타고르 등의 수용

1910년대까지는 근대의 기획을 감당할 수 있을 만큼 근대적 주체나 개인, 신문학이 성숙하지 못했다. 애국계몽기의 개인은 민족이라는 거대 타자에 자신을 동일시함으로써 현실에서 오는 내면의 갈등과 분열을 규율화하거나 관념화하였다.[4] 이것은 시적 양식의 정서적 규율화로

---

4) 정우택, 「한국 근대시 형성과정에서 '개인'의 위상과 의미」, 『국제어문학회』, 27권 27호, 2003.

이어진다. 이러한 근대 초기 시사의 형성 과정에서 김억은 외국시의 번역을 통해 근대시의 문체, 구조, 율격 등의 전범적 모델을 제시한다. 그는 아서 시먼스Arthur Symons의 『잃어진 진주』(1924)와 타고르Tagore의 『기탄잘리Gitanjali, 신에게 바치는 노래』(1923), 『新月신월』(1924), 『園丁원정』(1924) 등을 번역 출간한다. 전자는 낭만적 연가풍이, 후자는 종교적 산문시가 주조를 이룬다.

김소월은 1923년 일본 유학 중 관동대지진이 일어나자 서둘러 귀국하면서 서울에 거주하고 있던 자신의 스승 김억에게 영국의 아서 시먼스의 시집을 선물한다.[5] 김억은 이를 번역해 출간한 『잃어진 진주』의 서문에서 "이 시집의 원서를 빌려준 나의 사랑하는 소월 군에게 고마운 뜻을 드립니다."라고 적었다. 물론 소월이 김억에게 시먼스 시집을 선사한 것은 그가 이 시집을 좋아했기 때문일 것이다. 소월이 1925년 발표한 자신의 유일한 평문 「시혼」에서도 "陰影음영에 그 深淺심천은 있을지라도 陰影음영이 없다고 할 수는 없는 것"이라는 논지를 설명하는 시편으로 시먼스의 시 「At Dogana稅關(세관)에서」를 인용한다. 그런데 이 인용문은 원시와 구두점과 소유격 등에 다소 차이가 있는 바, 이것은 소월이 시먼스의 시를 평소 외우고 있었다는 증거로 해석된다.[6]

또한 김소월의 『진달래꽃』의 편집 구성과 배치는 시먼스의 시집

---

5) 김소월이 김억에게 선사한 아서 시먼스의 시집은 『POEMS BY ARTHUR SYMONS』, VOLUME I & II, 1911(『LONDON: WILLIAM HEINEMANN』, 1912)이다.
6) Kevin O'Rourke, 『한국근대시의 영시 영향 연구』, 새문사, 1984.

과 상응한다. 시먼스의 원시전집은 『At Dieppe디에프에서』라는 표제를 가지고 차례로 'I. After Sunset해가 진 후, II. On the beach해변에서, III. Rain on the down비가 내린다, IV. Before the Squall돌풍이 불기 전에, V. under the Cliff절벽 아래서, VI. Requies안식처'의 시편으로 이어진다. 특정 소제목 아래 여러 시편을 둔 체제가 시집 전반에 걸쳐 나타난다. 『진달래꽃』 또한 소제목 '님에게' 아래 10편, '봄밤' 아래 4편, '두 사람' 아래 8편, '無主空山무주공산' 아래 7편 등으로 나누어서 배치한 특성을 보인다.

다음 시편의 시적 정조와 소재에서는 시먼스의 영향을 읽을 수 있다.

> I dream of her the whole night long
> The pillows with my tears are wet.
> I wake, I seek amid the throng
> The courage to forget.
>
> Yet still, as night comes round, I dread,
> With unavailing fears,
> The dawn that finds, beneath my head,
> The pillows wet with tears.
>
> ―아서 시먼스 「Dreams」

밤새도록 님의 꿈을 꾸노라면
뜨겁은 눈물에 벼개가 젓고 말어라,

날이 밝아 해가 뜨면 무리 사람 틈에서
님을 니즐 용기를 찾기는 하노라.

그러나, 엇제랴, 밤만 가까워오면
나는 또다시, 아츰 볏이 빛날 때에는
내 머리를 누엇든 나의 벼개가 쓸데도 업시,
뜨겁은 눈물에 젓을 것을 걱정하노라.

—김억 번역본 「꿈」

박게는 눈, 눈이 와라,
고요히 窓창 아래로는 달빛치 드러라.
어스름 타고서 오신 그 女子여자는
내 꿈의 품속으로 드러와 안겨라.

나의 벼개는 눈물로 함빡히 저젓서라.
그만 그 女子여자는 가고 마랏느냐.
다만 고요한 새벽, 별 그림자 하나가
窓창틈을 엿보아라.

—김소월 「꿈꾼 그 옛날」

시먼스의 「Dreams」와 김억이 번역한 「꿈」, 그리고 김소월의
「꿈꾼 그 옛날」이다. 김억은 시먼스의 원시 1행의 'her'을 '님'이라고
번역하고 있다. 그는 시먼스의 시편에서 주로 'she', 즉 그녀를 '님'이라

고 번역한다. 이것은 여성을 연인의 이미지로 선명하게 감각화하고자 하는 의도이다. 그러나 김소월은 '그 여자'라고 하여 시먼스의 경우와 동일한 어휘를 빈번하게 사용하고 있는 것으로 보인다.

두 편의 시적 소재와 주제 의식은 물론 중심 이미지, 문장 구조와 형태, 정조 등이 매우 유사하다. 김소월이 시먼스의 낭만적 연가풍의 시적 성향에 깊은 영향을 받았음을 쉽게 감지할 수 있다. 특히 그의 시먼스 시편의 수용은 김억의 경우보다 '그 여자' 등의 어휘 구사에서 보듯 더욱 원래의 텍스트에 직접적으로 가깝다. 두 편의 시 모두 꿈에서 사랑하는 대상을 만난다. 시먼스는 "밤새" "꿈" 속에서 "님"을 만나다가 뜨거운 눈물에 "벼개가 젓"었음을 독백한다. 낮의 일상에서는 "사람들 틈에서" 망각도 하지만 밤이 되면 또 다시 "뜨겁은 눈물에" 벼개가 젖게 된다. 부재하는 님을 꿈에서 만나게 되는 간절한 정황을 드러낸다. 부재하는 현존에 대한 안타까움이 심화되고 있다.

김소월 역시 시적 구성과 정황은 동일하다. 시간적 배경 또한 밤이다. 그리운 "그 여자는" 밤이 시작되는 "어스름타고서" 온다. "그 여자는" "내 꿈의 품속으로 드러와 안"긴다. 꿈속에서 부재하는 님과의 간절한 사랑이 이루어진다. 그러나 "나의 벼개는 눈물로 함빡히" 젖는다. "그 여자"는 현실에서는 부재하기 때문이다. "다만 고요한 새벽, 별 그림자 하나가 / 창틈을 엿"본다. "그 여자"가 사라진 허전함이 아득한 "별"의 거리감과 "창틈"의 구멍으로 극화되고 있다. "별"로 표상되는 "그 여자"가 "창틈을 엿"보는 정황은 이별의 안타까움에 대한 교감과 여운을 응축적으로 확장시킨다.

김소월이 서구 상징주의 시인 시먼스의 낭만적 애상의 감각을 수용하면서 동시에 이를 더욱 생동감 있게 극화시키고 있음을 보여주는 현장이다. 그의 시에서 '꿈'을 모티프로 한 시편은 이외에도 「님에게」, 「꿈으로 오는 한사람」, 「눈 오는 저녁」, 「꿈」, 「니젓든 맘」, 「몹쓸 꿈」, 「그를 꿈꾼 밤」, 「꿈길」 등 여러 작품이 있다. 김억이 번역한 시먼스의 『잃어진 진주』 역시 '꿈'이나 '잠'이 중심 이미지를 이루는 시편으로 「Night and wind밤과 바람」, 「On the beach」, 「A while night밤사이에」, 「Love and Sleep사랑과 잠」, 「Remembrance 추모」 등이 있다. 이들 작품들은 공통적으로 이루지 못한 사랑의 정감을 노래하는 낭만적 연가의 속성을 지닌다.

김소월이 시먼스의 시세계에 친연성을 느낀 것은 "예술이 도덕을 돌볼 수는 있다. 그러나 예술이 도덕의 노예가 되는 일은 결코 없다. 왜냐하면 예술의 원리는 영원한 것임에 반해서 도덕의 원리는 시대정신의 변화에 따라서 동요하는 것이기 때문이다."[7]라는 시적 세계관에 대한 공감에서 기인하는 것으로 보인다. 그의 시세계는 어디에서도 비시적인 계몽적 교술이나 논리적 주장을 앞세우지 않는다. 오히려 작고 사소하고 무용해 보이는 것의 소중한 가치와 의미를 통해 주제의식을 정서적으로 환기시킨다.

도회의 밝음과 지껄임이 그 문명으로써 광휘와 세력을 다투며 자랑할 때에도 저 깊고 어두운 산과 숲의 그늘진 곳에서는 외로운 버

---

7) Arther Symons, 「Studies in Prose and Verse」, 1904.
김용직, 「형성기의 한국 근대시에 미친 A. 시먼스의 영향」, 『관악어문연구 제3집』, 1978, 129쪽 재인용.

러지 한 마리가 그 무슨 슬픔에 겨웠는지 쉼 없이 울고 있습니다. 여러분, 그 버러지 한 마리가 오히려 더 많이 우리 사람의 정조답지 않으며, 난들에 말라 벌바람에 여위는 갈대 하나가 오히려 아직도 더 가까운 우리 사람의 무상과 변전을 서러워하여 주는 살뜰한 노래의 동무가 아니며, 저 넓고 아득한 난바다의 뛰노는 물결들이 오히려 더 좋은 우리 사람의 자유를 사랑한다는 계시가 아닙니까.[8]

실제로 소월의 시세계는 "광휘와 세력을 다투"는 대상과는 거리가 먼 "어두운 산과 숲의 그늘진" 변방에 살면서 외롭고 살뜰한 "노래의 동무"의 정조에 가깝다. 그는 이러한 사소하고 무상한 자연의 "뛰노는 물결들이" "우리 사람의 자유를 사랑한다는 계시"를 가장 효율적으로 환기시킨다고 믿기 때문이다. 그는 자유를 말하지 않음으로써 생동하는 자유를 가장 잘 표현하고 구가할 수 있는 미적 방법론을 지향한 것이다. 특히 여기에서 "갈대"와 "물결"의 이미지는 주목된다. 예이츠의 상징주의적 시풍을 가장 잘 나타내는 초기 시집 중에 『The Wind among the Reeds갈대숲의 바람』라는 제목이 있다. 시먼스는 1895년 펴낸 시집 『London Nights런던의 밤』의 서문에서 인간의 정조를 "큰바다 속의 적고 가는 물결"에 비유하고 그가 원한다면 그의 시의 주제로 그 잔물결을 다룰 권리와 자유가 있다[9]고 전언한다. 소월의 시론에서 상징주의 시인들의 시적 세계관을 엿볼 수 있는 대목이다.

8) 김소월, 「시혼」, 『개벽』 제59호, 1925년 5월.
9) Kevin O'Rourke, 『한국근대시의 영시 영향 연구』, 새문사, 1984.

211

한편, 김소월은 당시 문단에 소개된 타고르의 시세계에 대해서도 누구보다 깊은 이해와 공감 속에서 받아들인다. 그는 김억이 타고르의 시집 『원정』을 번역할 때 동참한다.[10] 김억은 『원정』의 「서문」에 직접 이렇게 밝히고 있다.

> 이 두 번째 역고를 씀에 대하야 나의 미래 많은 김소월 군의 힘을 적지 않게 빌었습니다. 하고 시 중 한 편은 동군同君의 손에 된 것임을 고백하고 깊이 고마워하는 뜻을 표합니다.[11]

김소월은 근대 초기 새롭게 유입된 타고르의 시편을 직접 읽고 번역하는 기회를 가졌던 것이다. 타고르는 여성적 온유함과 생명 감각을 유장한 산문적 문체로 노래한다. 그는 스스로 여성적 가치에 대해 "삶의 신비 속에는 여성의 참다운 가치로서 영원의 원천이 깃들어 있다. 부드럽고 온화한 것이 대지를 이어받아야 한다"라고 강조한다. 그의 시세계에서 여성성은 이와 같은 대지적 모성과 생명 가치의 신비를 '님'으로 표상하여 경건한 어조로 노래한다. 이러한 타고르의 시적 정조와 감각은 김소월의 여성적 화법과 서정의 울림을 내밀하게 심화시키는 데 기여했던 것으로 해석된다. 특히 다음 시편은 타고르의 시적 정조와 김소월의 영향 관계를 구체적으로 환기시킨다.

---

10) 김억의 번역 시집 『원정』은 원래 번역한 것을 잃어버려서 다시 번역하여 1924년 12월 발간한다. 이때 소월이 함께 번역에 참여한 것으로 이해된다.
11) 타고르, 김억 역, 『원정(동산직이)』, 애동서관, 1924.

이 몸은 온갖 보화의 반려로 택하였나이다. 이 가슴 속에
님의 기쁨의 무한한 놀이가 있나이다. 이 생명 속에서 님의 뜻이
항상 실현되고 있나이다,

—타고르, 『기탄잘리』 56 일부

오오 내 님이여! 당신이 깔아놓아 주신 이 자리는 맑은 못 밑과 같
이 고조곤도 하고 아늑도 했어요. 홈싹홈싹 숨치우는 보드랍은 모
래바닥과 같은 긴 길이 항상 외롭고 힘없는 제의 발길을 그리운 당
신한테로 인도하여 주겠지요. 그러나 내 님이여! 밤은 어둡구요 찬
바람도 불겠지요. 닭은 울었어도 여태도록 빛나는 새벽은 오지 않
겠지요. 오오 제 몸에 힘 되시는 내 그리운 님이어! 외롭고 힘없는
저를 부둥켜안으시고 영원히 당신의 믿음성스럽은 그 품속에서 저
를 잠들게 하여주셔요.

—김소월 「꿈자리」 중에서

타고르의 시세계에서 주조를 이루는 초월적인 경이의 대상이 소월
의 시편에서도 등장하고 있다. 주로 상실, 원망, 그리움의 대상으로 등
장하는 소월의 시세계에서의 "님"과 뚜렷하게 변별된다. "님"은 "내
게" 살 수 있는 "아늑"한 "자리"를 "깔아"주시고 "힘"을 주시는 절대
자이다. 그래서 "어둡"고 "찬바람"이 불고 "새벽"이 오지 않아도 이를
견디고 극복할 수 있는 믿음과 의지가 되어주는 절대적 대상이다. 그래
서 시적 화자는 "그 품속에서 저를 잠들게"해 달라고 간구한다. 구원
과 소망의 절대자로서 "님"이다. 이러한 신앙적인 보살핌과 구원의 대

상으로서 "님"은 타고르의 시세계에서의 신앙적인 경이의 "님"과 동일성을 지닌다.

　물론 이외에도 김소월은 예이츠, 베를렌 등의 시세계를 접하면서 자신의 시 창작의 자양으로 삼는 면모를 보여준다. 여기에는 그의 스승 김억의 영향이 적지 않았을 것이다. 그러나 그는 김억의 영향권을 훌쩍 뛰어 넘어 자기만의 시적 정조와 감각을 밀도 높게 창조해내는 역량을 보여준다. 김소월은 근대 초기 급격하게 유입되고 있는 서구 문화의 물결을 전위에서 예민하게 호흡하면서 이를 주체적으로 자신의 창작적 자산으로 내면화시키고 있었던 것이다.

3. 전통성의 계승 혹은 한시와 민요의 수용

　김소월은 17편의 한시를 번역한다. 그가 번역한 한시는 이백, 두보, 백거이, 왕유, 맹호연, 이하, 두목, 유채준 등 당나라 시인에 집중되어 있다. 그가 "강렬한 창조 정신과 자유분방한 정신"으로 "형식이나 격률에 사로잡히지 않"은 당나라 시에 집중한 것은 자유로운 창작 의지의 열망과 연관된 것으로 해석된다.

　특히 소월은 유우석의 「竹枝詞죽지사」를 본뜬 「대수풀 노래」를 발표하기도 한다. 이에 대해 그는 스스로 직접 "유우석의 죽지사를 본받음이니 모다[12] 열한 편이라. 그 말에 가다가다 野야 한 점이 있을는

---

12) 모두

지는 몰라도 이 또한 제게 매운 格격이라 하리니 꾀[13] 長鼓장고에 맞추
며 춤에도 맞추며 노래로 노래할 수 있을 이로다.[14]"라고 전언한다. 그
구체적인 일례를 들면 다음과 같다.

其九

山上層層桃李花

雲間烟火是人家

銀釧金釵來負水

長刀短笠去燒畲

산에는 겹겹이 복사꽃 오얏꽃

구름 사이로 연기 자욱한 곳은 마을이려니

은팔찌 금비녀로 물 길으러 오고

긴긴 짧은 삿갓은 화전 일구러 가네

—유우석, 「죽지사」 일부

V

산에는 총총 복숭아꽃

산에는 총총 외야지꽃

구름장 아래 연기 뜬다

13) 꽤
14) 『여성』 제41호, 1939년 8월.

215

연기 뜬 데가 나 사는 곳.

VI

가락지 쟁강하거든요[15]
銀은봉채[16] 쟁강하거든요
대동강 십리 나룻길에
물 길러온 줄 자네 아소.

—김소월 「대수풀 노래」 일부

　유우석의 「죽지사」는 중국 사천 동부지방의 민속과 전설을 엮은 민요를 악부시로 옮겨 놓은 것인데, 소월의 「대수풀 노래」는 이를 본으로 삼아 평양 인근의 유적지를 두루 소개하고 있다. 소월은 서구시와 함께 전통적 한시 미학도 자신의 시적 감각을 심화시키는 자양으로 활용한다. 그에게 한시 전통은 서구적 근대시와 배치되는 것이 아니라 시적 울림을 심화시키는 통섭의 대상이다. 다시 말해, 그의 근대 자유시가 깊은 시간성을 호흡하도록 하는 토양으로서 한시 전통이 활용되고 있는 것이다.

　한편 소월은 우리의 전통 민요를 자신의 시적 자산으로 끌어들여 자기만의 개성으로 승화시킨 대표적인 경우이기도 하다. 그가 민요에 시적 뿌리를 둔 작품의 대표적인 내용은 체험적 생활, 민요조 리듬, 향토

---

15) 쟁강하다(얇은 쇠붙이나 유리 따위가 가볍게 떨어지거나 부딪쳐 맑게 울리는 소리가 나다)
16) 은으로 만든 비녀

적 소재, 여성적 정감 등을 들 수 있다. 특히 민요에서의 생활 정서는 사실성에 기반을 두면서 운명론이나 존재론을 제기하는 형이상학적 질문을 제시한다. 한 가지 예를 살펴보면 다음과 같다.

> 우리님네 가신 곳이
> 몇백리나 되옵길래
> 한번가면 못오시나
> 물깊어 못오시면
> 배를타고 오시련만
> 어찌그리 못오시나
>
> — 민요[17]
>
> 그립은 우리 님은 어디 계신고
> 가엾은 이 내 속을 둘 곳 없어서
> 날마다 풀을 따서 물에 던지고
> 흘러가는 잎이나 맘해 보아요
>
> — 「풀따기」 일부

문답 구조의 구어체를 통해 현실의 절박성과 그 근원적 배경에 대한 형이상의 질문을 제기하고 있다. 현실의 절박성이 극한에 이르면서 그 것이 갖는 존재론적 원리에 대해 묻고 있는 것이다. 이것은 자신의 개별적 상황을 집단적 보편에 비추어서 묻고 위안을 얻고자 하는 심리로

---

17) 임동권, 「762」, 『한국민요집 1』, 동국문화사, 1951.

이해된다. 이러한 민요의 역동적인 집단성을 김소월은 자신의 창작 기법으로 원용하여 간절한 내적 정서의 밀도를 높이고 있다. 기다림의 간절함이 민요적인 문답의 어법에 실리면서 정서적 호소력이 배가되고 있는 것이다.

한편 민요의 형식론에 주목해 보면, 민요의 음보는 두 마디(4·4조, 3·4조) 내지 세 마디(3, 4, 4 혹은 3, 4, 5)의 시행을 지니는 데, 소월 시의 경우와 대부분 유사하다. 또한 음수율 역시 소월의 경우 3(4), 4(3), 5(7·5조)로 구성된 특성을 보인다. 이것은 민요에서의 3, 4, 4 혹은 3, 3, 5의 음수율과 다소 차이가 있지만 기본형의 차용 및 변주로 이해할 수 있는 수준이다.

> 달아 달아 / 밝은 달아
> 이태백이 /놀던 달아
> 저기 저기 / 저 달 속에
> 계수나무 / 박혔으니
>
> —민요 「달노래」

> 아리랑 / 아리랑 / 아라리요
> 아리랑 / 철철 / 비 내려 주게
> 아리랑 / 고개다 / 술막을 짓고
> 정든 임 / 오시기를 / 고대고대 한다
>
> —민요 「아리랑」

님 계신 곳 / 내 고향을

내 못 가네 / 내 못 가네

오다가다 / 야속타

아아 삼수갑산이 / 날 가둡네

—김소월 「차안서 선생 삼수갑산운」 일부

한때는 / 많은 날을 / 당신 생각에

밤까지 / 새운 일도 / 없지 않지만

아직도 / 때마다는 / 당신 생각에

축업은 / 베갯가의 / 꿈은 있지만

—김소월 「님에게」 일부

소월의 시집 『진달래꽃』에 수록된 126편 중 93편(74%)이 민요적 율격을 드러낸다. 이 중에서 세 마디 시행이 80편으로 64%를 이룬다. 그는 전래 민요의 율격에 토대를 두고 이를 자신의 독창성으로 개발시켜 새로운 운을 창조해 내었다.[18] 그의 이러한 시적 성과는 설화와 민중적 생활 사건을 민요화한 「접동새」, 「팔베개 노래調」, 「나무리벌의 노래」, 「물마름」 등을 통해 선명하게 확인된다. 그는 민요의 생활 정서, 문답 구조, 역동성 등을 활용하여 시적 생동감과 체험적 진

---

18) 오세영, 「한, 민요조, 여성성, 민족주의」, 『김소월, 그 삶과 문학』, 서울대학교출판부, 2000.

정성을 배가시키고 있는 것이다. 물론 이와 같은 그의 세련되고 자유로운 시적 개성의 구현은 한시 전통과 민요조 서정을 서구 자유시의 감각과 창의적으로 회통시키면서 가능했을 것이다. 그래서 그는 민요 시인[19]이 아니라 조선적 근대, 즉 세계 조선시인으로 나아갈 수 있었던 것이다.

4. 맺음말

김소월의 시세계는 일찍이 그의 스승 김억의 표현대로 "近代化근대화 된 民謠詩민요시인 동시에 自由詩자유시"라는 역설로 설명된다. 조선적인 전통과 서구적인 근대가 혼종하던 시대에 그는 이 둘을 누구보다 포괄적으로 이해하고 수용하면서 자신의 독창적인 개성으로 형상화한 면모를 보이는 것이다. 이와 같이 서구적 새로움과 재래적 전통을 창조적으로 수용하여 자신의 시적 자산으로 삼은 것은 당시 김억이 기획했던 근대시의 지향이기도 했다. 그래서 그는 우리 문화와 어법에 알맞은 운문시형, 시체를 고안해 내면서도 우리말 구어체의 리듬감을 살리고 주제를 심화시키는 방법을 추구하였다. 그러나 그의 이러한 기획이 자신의 시 창작에서는 대부분 논리적 수준의 산술적 결합에 그치고 있었다. 그래서 그는 1920년대 정격시론 등을 통해 스스로 고답적인 정형

---

19) 김억은 소월이 자신을 민요 시인이라고 부르는 것을 싫어했다고 회고한다. 김억, 「김소월의 추억」, 『안서 김억 전집』, 한국문화사, 1987.

에 갇히는 모습을 노정한다. 그가 창작적 역시 등을 통해 추구한 "近
代化근대화 된 民謠詩민요시인 동시에 自由詩자유시"의 전범은 1925년에
간행된 김소월의 『진달래꽃』에서 결실을 이룬 것이다.

우리 역사에서 전통과 근대는 대립적인 양가성으로 인식된다. 근대
적 시각에서 전통은 개인의 자유와 실존을 억압하는 규율로서 타파해
야 할 계몽의 대상이다. 그러나 피식민지배자 입장에서 받아들이게 된
식민지 근대는 강요된 또 다른 억압적 기제로서 근대이다. 그래서 애
국계몽기의 재래적 전통의 탈피를 강조한 비시적 교술의 문학적 양식
들은 다시 1920년대 들어서면서 국민문학파의 조선주의 등에 대한 회
복으로 다시 등장한다. 그러나 김소월의 경우는 출발부터 공리주의적
인 공식적, 제도적, 단성적 담론과는 변별된다. 그는 근대성의 시적 지
평을 전위에서 적극적으로 수용하면서 동시에 전통적 풍속, 민요 등을
호출함으로써 결과적으로 식민지적 근대의 지배 논리에 일방적으로
동화되지 않는 조선적 근대의 이중성, 분열성, 다성성을 견지할 수 있
었다. 이것은 식민지 권력의 지도 그리기에 미세한 균열과 파행을 불러
일으키는 탈권력적 담론에 해당된다. 따라서 그는 식민지적 근대성의
단일한 제도 담론에 동화되지 않는 타자의 영역을 지속적으로 확보할
수 있었다.

김소월은 자신의 시론, 「시혼」에서 "문명"과 "광휘"의 "세력"보다,
"바람에 여위는 갈대 하나", "저 넓고 아득한 바다의 뛰노는 물결들이
오히려 더 좋은 우리 사람의 자유를 사랑한다는 계시가 아닙니까."라
고 설파한다. 근대초기 애국, 계몽, 자유 등의 공리주의 문학관의 계도
적, 교훈적 교술과 저만치 거리를 두면서 조선적 근대 자유시를 완성해

나갔던 김소월의 시적 양식이 오히려 누구보다 "우리 사람의 자유"를 호소하는 미학적 가능성을 성취해내고 있었던 것이다. 이점에서 김소월의 시사적 가치는 근대자유시의 본질적 특성에 대한 문제의식을 전해준다는 점에서 새삼 더욱 높은 빛을 발한다.

김선두

1958년 전남 장흥 출생
중앙대학교 예술대학 한국화과 및 동대학원 졸업
중앙대학교 예술대학 한국화과 교수

개인전
30여 회
(교동미술관, 동산방화랑, 흰물결갤러리, 금호미술관, 학고재갤러리 포스코미술관등)

단체 및 초대전
붓다의 향기(동덕아트갤러리, 서울)
DMZ전(문화역서울 284, 서울)
평창 동계올림픽 기념전-Fire Art Festa 2018(경포해수욕장, 강릉)
2018 전남 국제수묵비엔날레(목포문화예술회관, 목포)
남도 문화의 원류를 찾아서-진도 소리(신세계갤러리, 서울)
옛길, 새길(복합문화공간 에무, 서울)
당대 수묵(학고재갤러리, 서울)
한국화의 경계, 한국화의 확장(문화역서울 284, 서울)
바보전(복합문화공간 에무, 서울)
그리다(LIG아트스페이스, 서울)
고원의 기억과 힐링전(삼탄아트바인, 정선)
강진, 숨결(신세계갤러리, 광주)
풍죽전(광주국립박물관, 광주)
실크로드전-경주에서 이스탄불까지(대구MBC GALLERY M, 대구)
한국의 그림-매너에 관하여(하이트콜렉션, 서울)
드로잉 다이어리(신세계갤러리, 서울)

박영근

1965년 부산 출생
서울대학교 미술대학 서양화과 및 동대학원 졸업
성신여자대학교 미술대학 서양화과 교수

개인전
30여 회(아라리오갤러리, 아르코미술관, 금산갤러리 등)

단체 및 초대전
2019 부산국제화랑아트페어 BAMA(BEXCO, 부산)
몽유: 마술적 현실(국립현대미술관, 서울)
Who is Alice(Light gallery, 베니스, 이탈리아)
박물관 이미지전(동덕여자대학교박물관, 서울)
상차림의 미학전(이화여자대학교박물관, 서울)
Artist with Arario 2012 Part3(아라리오갤러리, 천안)
코리안 랩소디: 역사와 기억의 몽타주(삼성미술관 리움, 서울)
Present from the Past(주영한국문화원, 런던, 영국)
Artist with Arario(아라리오갤러리, 천안)
아트 인 부산 2008: 돌아와요 부산항에(부산시립미술관, 부산)
포천 아시아 비엔날레(포천반월아트홀, 포천)
화랑미술제(BEXCO, 부산)
Chicago Art fair 07(Navy Pier Festival Hall, 시카고, 미국)
Arco Art fair 07(Feria de Madrid, 마드리드, 스페인)
Spectrum of korean print(노보시비르스크 주립미술관, 노보시비르스크, 러시아)
회화정신 한중교류전(동덕아트갤러리, 서울)
노아의 방주(국립현대미술관, 서울)
목인천강지곡(공평아트센터, 서울)
산고다정(가나아트센터, 서울)
미디어아트 인 울산(울산문화예술회관, 울산)

배달래

1969 경남 마산 출생
성신여자대학교 미술대학 서양화과 및 동대학원 졸업

개인전

17회(갤러리 그림손, 잇다스페이스 갤러리, 금보성아트센터, 인사아트센터 등)

단체 및 초대전

삶이 꽃이 되는 순간(창동갤러리, 창원/ 갤러리 그림손, 서울)
어와 만세 백성들아: 여성, 독립운동, 김해(김해문화의전당 윤슬미술관, 김해)
여(汝)·여(余)·여(女)·여(如): 4인의 동시대 여성작가전(오산시립미술관, 오산)
Prism of the Life(갤러리 두, 서울)
Image Story Abject: 3인의 여성작가가 들려주는 이미지 / 이야기(중랑아트센터,
서울)
평창비엔날레 특별전 'DMZ별곡'(평창비엔날레 순회전, 원주·평창·영월)

퍼포먼스

광주폴리 인피니트 엘리먼츠- 드로잉 퍼포먼스(광주 비엔날레전시관 광장, 광주)
通(오산시립미술관, 오산)
천년의 기억(코스모40, 인천)
그리고, 100- 오프닝 퍼포먼스 '아리랑 2019'(예깊미술관, 군산)
Beyond Binary 예술과 지식재산 융합 퍼포먼스(민송아트홀, 서울)
다섯 개의 몸맛 '흔적'(요기가 팔점갤러리, 서울 / 도파니아트홀, 창원)
광복 70주년 기념 퍼포먼스 '조국의 광복, 나의 광복'(오동동 문화거리, 창원)
창원조각비엔날레 개막 퍼포먼스 '이상향을 꿈꾸며'(마산 중앙부두, 마산)
일본군 성노예 피해자들을 위한 퍼포먼스 '인정하라!'(상남동 분수광장, 창원)
공존을 위하여(조계사 전통문화예술공연장, 서울)
강의 눈물(인사아트센터, 서울 / 성산아트홀, 창원)

신장식

1959년 대구 출생
서울대학교 미술대학 회화과 및 동대학원 졸업
국민대학교 예술대학 미술학부 교수

개인전

35회(사비나미술관, 부산시립미술관, 뉴욕 스페이스인아츠, 파리국제예술공동체 등)

주요 단체전 및 초대전

금강산: 희망(동덕아트갤러리, 서울)
금강 12경(금산갤러리, 서울)
남북정상회담 회담장 '상팔담에서 본 금강산'(판문점 평화의 집, 파주)
Diamond Mountains(메트로폴리탄박물관 한국관, 뉴욕, 미국)
한국 근현대미술 거장전(63스카이아트 미술관, 서울)
노란선을 넘어서(경향갤러리, 서울)
12 Scenes of Mountain Kumgang(뉴욕 스페이스인아츠, 뉴욕, 미국)
7080 청춘예찬: 한국현대미술 추억사(조선일보미술관, 서울)
한-중동 포럼 '한국의 미' 특별전(국립 카이로오페라하우스 전시장, 카이로, 이집트)
생명력: Vitality(파리국제예술공동체, 파리, 프랑스)
한국미술 100년: 전통, 인간, 예술, 현실(국립현대미술관, 서울)
백두대간 금강산 시화전(금강산 관폭정, 북한)
10년의 그리움, 금강산(사비나미술관, 서울)
(2000년에 보는) 20세기 한국미술 200선(고려대학교박물관, 서울)
몽유금강: 그림으로 보는 금강산 300년(일민미술관, 서울)
제2회 광주비엔날레: 청년정신전(광주시립미술관 교육홍보관, 광주)
한국현대판화 40년(국립현대미술관, 서울)
아리랑(신세계갤러리, 서울)
제8회 대한민국 미술대전(국립현대미술관, 서울)

장현주

1964 경북 상주 출생
이화여자대학교 미술대학 서양화과 졸업

개인전
11회(갤러리조선, 아트비트갤러리, 트렁크갤러리, 갤러리담, 갤러리에무 등)

단체 및 초대전
전망: 자연, 바다, 독도 그리고 화가의 눈(이천시립월전미술관, 이천)
One Breath-Infinite Vision(뉴욕 한국문화원, 뉴욕, 미국)
Art Terms 개관전(갤러리 BK, 서울)
독도미학(세종문화회관 미술관, 서울 / 주상하이한국문화원, 상하이, 중국)
전남국제수묵비엔날레 국제레지던시 국제적수묵수다방(목포 원도심)
한국 수묵 해외 순회전(주상하이한국문화원, 상하이, 중국 / 주홍콩한국문화원, 홍콩)
웅얼거림(트렁크갤러리, 서울)
전남 국제수묵비엔날레(노적봉예술공원 미술관, 목포)
한국의 진경-독도와 울릉도(예술의전당 서울서예박물관, 서울)
한국화, 바탕을 버리다(필갤러리, 서울)
풀을 번역하다(아트소향, 부산)
안견회화정신(세종문화회관, 서울)
대숲에 부는 바람 '風竹풍죽'(국립광주박물관, 광주)
Flowers & Sounds: Korean Folk Art Reimagined(워싱턴한국문화원, 워싱턴, 미국)
겹의 미학(공아트스페이스, 서울 / 통인옥션갤러리, 서울)
신진경산수(겸재정선기념관, 서울)
생명의 사유(의재미술관, 광주)
탐매探梅, 그림으로 피어난 매화(국립광주박물관, 광주)

정용국

1972년 대구 출생
서울대학교 미술대학 동양화과 및 동대학원 졸업

개인전

13회(금호미술관, 갤러리분도, 상업화랑, 스페이스 윌링앤딜링, 신세계갤러리, 이브갤러리
등)

주요 단체전 및 초대전

한국화, 新-와유기(대전시립미술관, 대전)

영남문화의 원류를 찾아서-가야 김해(신세계갤러리, 대구)

나의, 국가, Arbeit Macht Frei(탈영역우정국, 서울)

객실(난지미술창작스튜디오, 서울)

스코어: 나, 너, 그, 그녀{의}(대구미술관, 대구)

달, 쟁반같이 둥근 달(대구예술발전소, 대구)

거시와 미시: 한국-대만 수묵화의 현상들(서울대학교미술관, 서울)

지리산프로젝트 2014: 우주예술집(성심원, 산청)

roundabout 소설프로젝트 '안성기'(인천아트플랫폼, 인천)

검은 사각형(갤러리101, 서울)

TESTING TESTING 1. 2. 3(송은아트스페이스, 서울)

오늘의 진경전(겸재정선기념관, 서울)

메이드 인 대구(대구미술관, 대구)

창원아시아미술제 '셀프카메라: 근대적 자아 자리 바꿔보기'(성산아트홀, 창원)

백색의 봄(서울대학교미술관, 서울)

Bloom in Color(신세계갤러리, 서울)

아트 인 대구 2008: 이미지의 반란(대구KT&G 별관창고, 대구)

그림의 대면: 동양화와 서양화의 접경(소마미술관, 서울)

예전엔 미처 몰랐어요

초판 1쇄 발행 2020년 8월 31일

지은이 김소월
엮은이 홍용희
발행인 박영규
총괄 한상훈
편집장 박미영
기획편집 김혜영 정혜림 조화연 **디자인** 이선미 **마케팅** 신대섭

발행처 주식회사 교보문고
등록 제406-2008-000090호(2008년 12월 5일)
주소 경기도 파주시 문발로 249
전화 대표전화 1544-1900 **주문** 02)3156-3681 **팩스** 0502)987-5725

ISBN 979-11-5909-992-2 03810
책값은 표지에 있습니다.